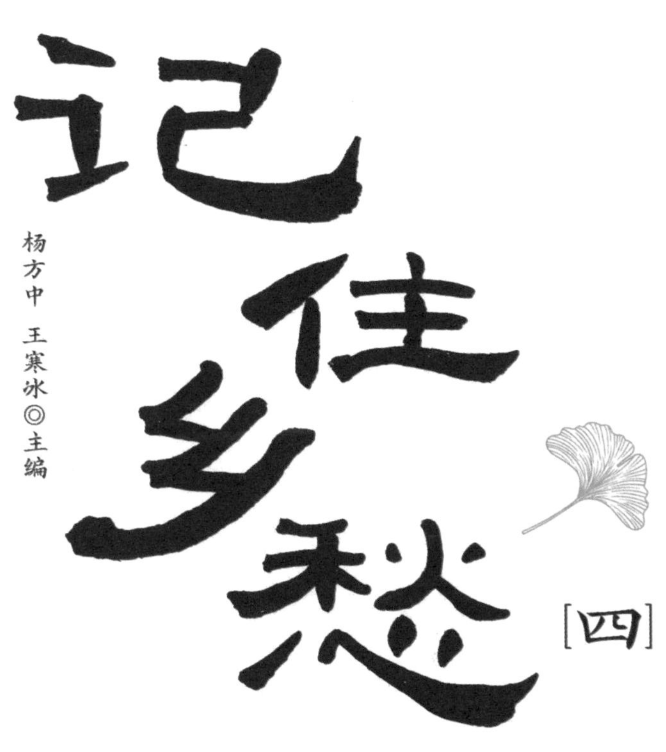

杨方中 王寒冰◎主编

石油工业出版社

图书在版编目（CIP）数据

记住乡愁．四 / 杨方中，王寒冰主编．-- 北京：石油工业出版社，2024. 8. -- ISBN 978-7-5183-6786-3

Ⅰ．I217.2

中国国家版本馆 CIP 数据核字第 20244EQ586 号

记住乡愁（四）

杨方中　王寒冰　主编

出版发行：石油工业出版社

（北京安定门外安华里 2 区 1 号 100011）

网　址：www.petropub.com

编辑部：（010）64523689 64523684

图书营销中心：（010）64523731 64523633

经　销：全国各地新华书店

印　刷：三河市万龙印装有限公司

2024 年 8 月第 1 版　2024 年 8 月第 1 次印刷

700×1000 毫米　开　本：1/16　印　张：16.5

字　数：200 千字

定　价：68.00 元

（如出现印装质量问题，我社图书营销中心负责调换）

序　言

有这么一个地方，年轻的时候想离开，年迈的时候想归去；有这么一个地方，承载了无数游子的喜乐哀愁、嬉笑吵闹；有这么一个地方，想留不能留，只能让关于它的记忆如一缕青丝缠绕在心头。

这个地方叫故乡，随着岁月流逝，愈加让人魂牵梦萦，欲罢不能，这就是我们常说的乡愁。

乡愁，是刻在中国人骨子里的文化基因。

中国乡愁传统最早可上溯至《诗经·小雅·采薇》，“昔我往矣，杨柳依依。今我来思，雨雪霏霏。行道迟迟，载渴载饥。我心伤悲，莫知我哀”。这段写出了一位普通士兵征战后返乡时的所思所想，“真情实感，感时伤事，别有深情，非可言喻”，乡愁占据了他的整个心灵。

虽然《诗经》载述了许多个体乡愁，但那都属于“无名氏”，真正见之个人且有名有姓的，当属屈原。屈原诗作中，寄情乡愁的句子不少，如“陟升皇之赫戏兮，忽临睨夫旧乡。仆夫悲余马怀兮，蜷局顾而不行”“背夏浦而西思兮，哀故都之日远”。最有名的，莫过于《九章·哀郢》中那句“鸟飞反故乡兮，狐死必首丘”。鸟飞千万里，最终要飞回老巢；狐狸临死时，即便不能回到故土，也要将头朝着出生的山丘方向。动物尚且如此，况乎人也。内中的故土情结，何等浓烈，何等悲壮，何等凄美！

屈原被放逐之后，辗转于很多地方，无数次赞美故土的风物秀美、山川如画，将对故土的热爱滔滔倾注笔端。最为可贵的是，屈原将乡愁情怀与爱国主义融为一体。家国天下情怀，他站在了中华第一人的高度。

而在盛唐，喜欢游历的李白，乡愁是他情感生活的重要组成部分，也是他爱国主义思想的基础。那首妇孺皆知的《静夜思》，据说是在他处境极度困难的时候写的。李白当年离家来到扬州后，盘缠已花光，在扬州举目无亲，正愁吃饭住宿无处赊欠时，一场大病又向他袭来，幸好朋友及时送来一笔钱，请大夫医治后，李白才转危为安。一天夜里，李白从睡梦中醒来，看见地板上像洒了一层霜，仔细一看原来是月光照射到床前，此时的李白想到了中秋节，想回到故乡，可故乡远隔千万里，自己又雄图未展，壮志未酬，怎么好在落魄时返乡呢？李白独自咀嚼着生活的苦果，不觉流下两行泪来。《静夜思》中清新、自然、简练、明了的诗句，透露出李白真挚感人的思乡之情，传达出他内心深处浓浓的乡愁。

到了近现代，表现乡愁的文学作品最具代表性的莫过于余光中的《乡愁》了。

“小时候，乡愁是一枚小小的邮票，我在这头，母亲在那头。长大后，乡愁是一张窄窄的船票，我在这头，新娘在那头。后来啊，乡愁是一方矮矮的坟墓，我在外头，母亲在里头。而现在，乡愁是一湾浅浅的海峡，我在这头，大陆在那头。”

余光中被称为“以乡愁之诗撼动亿万华裔”的诗人。“乡愁”是其众多诗作中念念不忘的主题。《乡愁》对一个抽象的、很难做出描绘却被大量描绘所覆盖的主题作出了新的诠释。在意象上，选用了“邮票”“船票”“坟墓”“海峡”四个生活中常见的物象，赋予其丰富的内涵，使原本不相干的四个物象，在乡愁这一特定情感的维系之下，反复咏叹。余光中本人曾说，这首诗是很写实的：小时候上寄宿制学校，要与妈妈通信；婚后赴美读书，坐轮船返回台湾；后来母亲去世，永失母爱。诗的前三句思念的都是女性，到最后一句想到祖国大陆这位“大母亲”，意境和思路便豁然开朗，就有了“乡愁是一湾浅浅的海峡”。整首诗中，乡愁的对象由具体的“乡”，到抽象的民族的“乡”，从地域之乡，到历史之乡、文化之乡，使“乡愁”逐渐沉淀出丰富的内涵和表现力，在情感层面和文化意义上对人们产生了深远影响。

进入新时代，乡愁作为中华民族特殊的文化符号，已经深深地融入了人们的家国情怀之中。面对快速发展的城市和乡村，习近平总书记指出，中国的城镇化建设要让居民望得见山、看得见水、记得住乡愁。这不仅仅是执政者的人文关怀，也体现了共产党人在“记得住乡愁”中的政治追求。地处偏远的新疆生产建设兵团第十四师昆玉市，是一个新建的维稳戍边之城，人员来自五湖四海、全国各地。他们为了一个共同的目标来到这里，在新疆之南、在沙漠的边缘维稳戍边，建设家园。他们都有两个家乡，一个是生育养育他们的故乡，一个是他们为之奋斗的兵团。原来心目中的他乡已然成了故乡。

第十四师昆玉市从 2017 年清明节开始举办以“乡愁”为主题的文学笔会，至今已经走过 7 年，共举办 14 期，从第一期的 20 余人到最多的近 200 人，参加乡愁文学笔会的人越来越多，他们利用清明节、端午节、中秋节、春节等传统节日，开展一系列文化活动，有文学作品创作、诗文朗诵、书法绘画、声乐展示等。他们利用这个平台抒发感情，表达自己对乡愁的理解，至今已出版《记住乡愁》文学集 3 册，在边疆少数民族地区传承弘扬了中华优秀传统文化，让乡愁文化成为铸牢中华民族共同体意识的一部分。

有人说，乡愁，不能老提一个“愁”字，也不能老说一个“愁”字。是的，乡愁中是有一个“愁”字，但它不是哀愁，更不是哀怨，它是一种精神寄托和一种精神动力，是人生在生命四季轮回中的一种依恋情结，是春的生机盎然、是夏的热情似火，是秋的硕果满枝、是冬的缕缕暖阳，这种情绪，从古至今一脉相承，生生不息，流淌在文人的笔下，化为一行行千古传诵的诗文，成为无数游子浓浓思乡、恋乡情结的一种精神寄托，也成为他们在异乡努力拼搏的动力。

传统乡愁文化一般反映的是个体对故乡的眷恋和愁绪。当今的乡愁文化被赋予更丰富的内涵，是在党的集中统一领导下，广大老百姓建设故乡、成就梦想的文化。这一文化在基层自下而上喷薄出巨大力量，促进党的各项政策在乡村和城镇的开展和实施，为全面铸牢中华民族共同体意识奠定坚实的基础。

让我们记住乡愁吧，记住了乡愁，就记住了中华民族的根。无论我们走到哪里，都不会忘记我们从哪里来，要到哪里去。

是为序。

（杨方中于 2024 年 1 月 8 日写于昆玉，作者系新疆生产建设兵团第十四师昆玉市文联主席。）

目　录

旧体诗

现 代 诗

散　文

旧体诗

杨家大院

杨方中

湖广填川到如今，岁月斑驳老屋情。
浑圆木柱撑广厦，飞檐琉瓦佑子孙。
亲仁善邻家家好，尊老爱幼人人亲。
繁衍生息十四代，五湖四海俱乡音。

2023 年 11 月 6 日于昆玉

注：位于四川省南充市南部县梅家乡华严庵村的杨家大院子，由清康熙年间湖广填四川时，湖北省杨氏人家迁入时修建，至今已有 360 多年历史。院子为四合院，木架结构，属中国传统合院式建筑，总面积 2000 余平方米，现保存完好，具有一定的保护和研究价值。

乡愁二题

杨方中

儿时看电影归来

一支火把夜路行，山风微拂步履轻。
邻村观影归来晚，问父何时到家门。

赶场相亲

换上新衣又出门，相约场上再相亲。
隔着人海远远望，可惜不是意中人。

2023 年 10 月 21 日于昆玉

贺第十四师昆玉市 2023 年中秋乡愁文学笔会

杨方中

七载笔会守初心，三册文集表真情。
行至天涯念家乡，身处异地思故人。
一次离别平常事，几缕愁思家国情。
卯兔中秋聚昆玉，齐邀明月桑梓行。

2023 年 9 月 24 日于昆玉

注：从 2017 年清明节至今已有 7 年时间，第十四师昆玉市以传统节日为依托，共举办乡愁文学笔会 14 期，收集诗歌散文等文学作品 400 余篇，出版《记住乡愁》文学集 3 册，在边疆地区传播了中华优秀传统文化。

鹧鸪天·贺《记住乡愁（三）》出版发行

杨方中

大漠孤烟大漠风，几多离愁几多空。
扎根漠野守孤寂，驻守边塞沐春风。

抬眼望，泪朦胧，每逢佳节思乡浓。
激扬文字向谁诉，缱绻情思越苍穹。

2023 年 9 月 11 日于昆玉

梦母（外二首）

杨方中

一路辛苦回故乡，遥见母亲村头望。
近在咫尺难相拥，只恨梦短又失娘。

2023 年 8 月 30 日于昆玉

归乡

近乡心跳思无涯，乡音袅袅如品茶。
一声询问哪里去，黄楠树前即到家。

童年

漫山遍野任疯癫，三五成群笑语鲜。
一根铁环响山野，村口相约比纸鸢。

2023 年 8 月 16 日

大漠望乡

杨方中

投身大漠三十载，青春作伴几度还。
举目望乡沙万里，回首胡杨数千年。
日出东方故乡近，月落边陲泪潸然。
千年多少异乡客，屯垦戍边生未还。

2023 年 7 月 8 日于昆玉

赠别——写给石河子大学王党飞先生

杨方中

一

大漠纵横连北疆，送君不觉有离伤。
三山一道沐春雨，南北何曾是两乡。

二

千里驰援入昆仑，凤毫相伴不离身。
翰墨香飘云天外，一年昆玉一生情。

三

行书游走倍有神，独赏行云不见君。
把笔抵锋肇本性，人如其字字如人。

四

文集一册情十分，尽是东坡真性情。
诗词恢宏境高远，也向子瞻学做人。

2024 年 1 月 8 日 22 时于家中

注：“三山”指新疆的天山、阿尔泰山、昆仑山，“南北”指新疆的南疆和北疆；王党飞先生在离别时，书写东坡文集相赠，喜欢苏轼的词，更喜欢苏轼这个人。

与老同学秦志春相聚新疆克州有寄

杨方中

昆仑天山根连根，高原盆地一脉承。
奔波千里不算远，落花时节逢秦君。

2023 年 5 月 1 日于克州

见面如同归故乡

——与方满、小平弟三十年后相聚有感

杨方中

年少各自离家乡，三十年后聚新疆。
细思未觉容颜改，近视却也鬓上霜。
山村临近破华胥，故乡渐远入诗章。
人生多少悲喜事，见面如同归故乡。

2023 年 4 月 8 日于昆玉

新春有喜

杨方中

新春上班第一晨，悠然漫步陪日升。
故乡忽传好消息，失散家人来相认。
音讯无踪几十年，魂牵梦绕四处寻。
天涯海角无尽处，血脉相连有亲情。

2023 年 1 月 28 日于昆玉

童年记忆

杨方中

赶场

身背背篓出了门，背篓装满却身轻。
妈说东西卖出后，可买文具和书本。

零食

那个年代物质贫，从无零食可随身。
最喜客人到来后，锅盔糖果能平分。

捉鱼

稻谷收后尽闲田，水草丰茂鱼悠然。
围个堤坝舀水尽，满池乱窜还撒欢。

红薯

秋季收成半年粮，童年时代度饥荒。
小小红薯能量大，蒸煮烤炸样样香。

挑水

田间小径草木深，肩挑水桶孑孓行。
一根扁担左右转，夕阳跟着进家门。

割猪草

放下书包拿镰刀，身背背篓向山坳。
花花草草都割下，猪儿一定都喜好。

2024年1月13日于昆玉

荡秋千

两棵老树耸云天，一根草绳荡秋千。
仰头欲比星月高，俯首已过数座山。

纸飞机

只见飞机天上飞，不见真容心伤悲。
自己动手折一架，也能天空自在回。

夹黄鳝

可人天气三月三，趁着夜色夹黄鳝。
火把难惊春晓梦，笆笼装满好喜欢。

滚铁环

一根铁钩一个圈，一条路来一座院。
铁环声声响山野，难忘乡村那些年。

放牛

一根绳子手中牵，走遍平地与山尖。
除了那些青青草，牛鼻在我它心甘。

挨打

做了错事挨父训，赶紧离家四处奔。
你这娃娃哪里跑，黄金棒儿出好人。

2024年1月14日于昆玉

油菜花

经历寒冬几多辛，拔节吐蕊正青春。
恰遇一夜春风来，山村铺满层层金。

走人户

娘嘱我去看舅亲，带上思念和叮咛。
翻山越岭不觉远，一路清风到家门。

放学路上

室外又响下课铃，山间小路步履轻。
只管桑果填饱肚，不理鸟窝传悲鸣。

跳方格

一个格子一重天，不窜格子不压线。
一格一格慢慢走，就能摘得大满贯。

大雾

大雾时时临山川，河流高山都不见。
常常羡慕天上景，不知已是雾中仙。

蒸饭

一把米来一只缸，入笼便成米饭香。
萝卜干当下饭菜，每天也得细思量。

2024 年 1 月 15 日于昆玉

桐子花

杨方中

题记：童年的记忆中，漫山遍野的桐子花犹如九天银河的星星，壮观而璀璨，置身桐子花海，就像置身银河星系，美好而又神秘。

一

桃花净后桐花开，春风十里一色裁。
丹青妙手向翠微，银河九重天外来。

二

一朵桐花一颗星，多得数也数不清。
抬望银河眨眼笑，回首人间遍地春。

三

花红蕊黄似喇叭，花开时节遍山崖。
行至桐花景深处，坐看山村飞流霞。

四

坐看山村飞流霞，恰似银河涌浪花。
停步坐爱桐林晚，月落肩头不想家。

2024 年 1 月 17 日于昆玉

鹧鸪天·红高粱

杨方中

窈窕身姿立野荒，遍及南国与北疆。
粒粒饱满沉甸甸，穗穗通红流霞光。
入车间，进工厂，酿得玉液醉君肠。
一腔热血终不负，万里长空任飘香。

2024 年 1 月 18 日于昆玉

游南部县禹迹岛

杨方中

城在水上水中城，禹迹岛上福满村。
峰恋陵江山色朦，雾绕红杉入画屏。

舟行碧波鸥鹭起，疏影横斜意难清。
望得见山看到水，几缕乡愁慰平生。

2024 年 1 月 31 日于南部县禹迹岛公园

走进梅家场

杨方中

梅家场上度青春，三十五载西域情。
梦里常有黄桷树，心中难忘故乡人。
壮志未酬近乡怯，柑橘满山乡愁生。
江山多娇家乡美，乡音依旧最可亲。

2024 年 2 月 2 日于梅家场

回乡见闻

杨方中

一

白墙红瓦隐山村，绿水绕田油菜青。
多年不问故乡事，归来依旧游子心。

二

行走山村树森森，只闻鸟鸣不见人。
重走儿时上学路，蓬蒿齐腰迹难寻。

三

离家正是少年郎，归来已是鬓满霜。
唯有那口老水井，依然清澈透醇香。

四

道路泥泞是曾经，种麦收稻难脱贫。
村道如网通四海，柑橘似珠产业兴。

2024 年 2 月 4 日于南部县

回故乡

杨方中

踏入南部情难禁，剪烛西窗夜已深。
一声乳名心里暖，几句家常热泪奔。
张张笑脸迎远客，浓浓乡音忆至亲。
无论身处在何地，这山这水才是根。

2024 年 2 月 5 日于南部县梅家场

家兴修谱守初心

——写在南部县华严庵村杨氏家族族谱发放仪式上

杨方中

一

众心直向小山村，一本族谱抵万金。
寻根问祖知过往，家兴修谱守初心。
孝悌忠信要牢记，礼义廉耻须遵循。
三百余年家族旺，千秋万代子孙兴。

二

彩旗飘飘桃符新，杨氏儿女喜迎春。
欢天喜地寻旧友，热泪盈眶迎宗亲。
酥肉烧白儿时味，堂屋古井故乡情。
三世繁衍十四代，一本族谱聚众心。

2024 年 2 月 7 日于南部县梅家场华严庵村

苍溪寻亲

杨方中

少闻伯在白桥东，偶有书信未曾谋。
再见已眠青山里，原来曾经是英雄。

2024年2月8日

注：我大伯杨富和曾经是抗美援朝老兵，胜利后由原籍南部县随政策迁至苍溪县，2024年2月7日我与其后人在南部县华严庵村见面，2月8日回苍溪县白桥镇同心村，祭拜了在此长眠多年的大伯和大伯母，向抗美援朝的老兵致敬！

再别故乡

杨方中

久逢亲人诉衷肠，不知不觉泪两行。
离家已逾三十载，思乡之情溢满腔。
梦回故里心欢喜，挥手离别愁断肠。
声声祝福有家国，字字铿锵眷故乡。

2024年2月25日于昆玉

作者简介

杨方中　汉族，祖籍四川省南充市南部县，中共党员，1993年到新疆生产建设兵团参加工作，历任连队职工、学校教师、机关干部，现任职于兵团第十四师昆玉市。喜欢文学，有诗文见诸报端，中国诗歌网认证诗人。著有报告文学《大漠丰碑》、诗歌集《云海苍茫出昆仑》、系列丛书《老兵精神研究》《沙海老兵口述史》（合著）等，主编《四十三团简史》《昆玉情》和《记住乡愁》系列文学丛书，策划电影《进军和田》、情景剧《天使情怀》、广播剧《昆仑山下的白衣天使》等。新闻作品曾获兵团新闻奖、新疆新闻奖若干。《大漠丰碑》获兵团向全国征集兵团题材文艺作品文艺创作佳作三等奖，《天使情怀》获兵团“五个一工程”奖等。

问荷

王党飞

繁秋悲苦来问荷，月色着荷寂寥多。
残叶空心鸣孤雁，人生一眸不可说！

2020 年 7 月

长安怀友

王党飞

恰得散友长安游，问完春寒问夏忧。
他说他人他乡去，渭塬阳桃几多熟？

2019 年 5 月

鹧鸪天·送别

王党飞

寒春几几夏漫漫，淡烟疏柳乱东山。
博学畅意温犹在，花香不敌百蜂散。

杯虽空，情满川，愿君万里浪云帆。
心中若有桃花源，无处不是水云间。

2019 年 5 月 26 日

慈母

王党飞

常思游子灯影后，不与亲人念心愁。
何如当初挠将去，寒夜执儿扯温炉。

2019 年 3 月

临江仙·长安夜雨

王党飞

长安夜雨叹纷纷，潇然锁尽红尘。思念袅袅昏昏。一日是清泪，一日是伤春。

雁依孤船空相见，声也淡淡薰薰。舟横微水风别君。匆匆密愁云，我亦是行人。

2019 年 6 月

行香子·壬寅中秋

王党飞

壬寅中秋，恰逢教师节。有学生小杰赠美酒。与众工友为友人孟工庆生。黄昏，又有几名学生在云端为我唱歌。倍感欣慰，作词记之。

人远月近，风诉情深。这黄昏，酒落衣襟。
羁旅北苑，浪烈肩沉。
扛一弦琴，一轮月，一颗心。

暮色衔啄影，浑汗成林。玛河急边，雾染昆仑。
岁入青山，唇醉长音。
酌一帘酒，一寸风，一湾尘。

2023 年 9 月

行香子·己亥初春

王党飞

夜清春闲，四邻皆安。窗栊外，风舞云欢。
满身杂陈，抖落桌前。
痴一支笔，一页纸，一方砚。

花开花落，云聚云散。月无语，照尽人间。
观心见佛，迷途遇禅。
贪一帘水，一阕词，一尘烟。

2019 年 2 月

江城子·喜得方砚

王党飞

己亥正月初三，诸友小聚，偶得一砚，满心欢喜。随有一词记之。

一轮闲日转西山。月初三，春不远。
六轟相依，煮酒沾言欢。芙蓉骚客留空怨。
堆酸曲，击残碗。
语绕四邻心绪宽。词如川，口不干。
酒至微酣，喜得一方砚。
从此心猿隔万寒。
驻小楼，任风还。

2019 年 2 月

作者简介

王党飞　陕西武功人，1980 年 9 月出生，中共党员，副教授，硕士生导师。现就职于新疆石河子大学文学艺术学院新闻传媒系。2011 年毕业于陕西师范大学，获得硕士研究生学位。2023 年 3 月至 2024 年 1 月在第十四师宣传部挂职锻炼。新疆生产建设兵团文艺评论家协会会员，第十四师昆玉市书法家学会会员，第十四师昆玉市文联文化顾问。主要从事新闻摄影、影视视听语言及影视美学等专业课的教学任务。主编教材 2 部，主持兵团社科重点项目 1 项，石河子大学人文社科基金 2 项，校级教改项目 1 项。参与多项国家科研课题研究。

柱州赋

胡辉煌

望西沉之残阳兮，期曷日以归故乡。
临清淼之浣胫兮，怆畴昔而悲未央。
逆黄风之百击兮，感心寡而觉志殇。
对蟾宫之玉满兮，浴沙霭则必无光。
悦古贤之三志兮，冀他朝而兴五方。

游子吟

胡辉煌

人生无处不漂泊，四海青山家在何？
万里羲和同升耀，寒蟾显输几分薄。
不欲轻言学狂客，耄老尤能兴山河。

庚子午月望莽尘

胡辉煌

驱行八千里，离豫赴疆埐。
腹怀青云志，腔盈赤子心。

漂泊流春秋，旭日绕繁星。
业终无定所，得幸蒙垂青。
汉塞西关路，往来通古今。
苍风校葱翠，黄尘涌流荫。
前辈多豪杰，盛景耀夕曛。
二载当倍力，合众填丹青。

怀古

胡辉煌

九曲黄河万里虬，昔日英雄已白头。
空叹山河无限好，孰人识得腑中愁？

雪夜

胡辉煌

飞白四海明，暗夜孤人行。
伏峰携青月，寂寥天下平。

冬日

胡辉煌

璃瓦蓬冷草，霜盛清珠少。
谈者腾雾气，断绝林中鸟。

秋思

胡辉煌

西尘古道棂映红，星辰罗绕指河东。
徙倚伴等南归雁，不及秋飔过寒峰。

忆秦娥·汉塞西关

胡辉煌

昆仑雾，汉塞西关万里路。
万里路，琉璃珠垂，胡杨傲固。
大漠千里枕残阳，燃尽黄沙断苍茫。
断苍茫，软红十丈，玉帑浩穰。

忆秦娥·重阳夜

胡辉煌

重阳夜，青女翾绰攀弓月。
攀弓月，翠减香残，垂袖威眉。
飞鸿失路关山阻，幽笺云寄悲风咽。
悲风咽，千里阵云，亦恐亦怯。

作者简介

胡辉煌 1996年4月生，字子沛，河南信阳人。爱好诗词创作。代表作有《柱州赋》《忆秦娥·重阳夜》《游子吟》等。现为第十四师二二四团文体广电服务中心工作人员。

昆玉之思

周清

昆仑之畔，昆玉之城。雪峰如屏，月华如银。
先辈铸剑为犁，建成丝路重镇。
屯良田万顷，青翠如画，感慨盈盈。
大漠之沿，戈壁之滨。胡杨深处，枣香满园。
晓风轻拂柳岸，思之乡愁牵绊。
长河落日去，孤鹜泪眼，望之涟涟。
归兮之愿，何时而至？山川峰峦，何曾隔断？
望穿排字飞雁，梦断征途孤烟。
鸦雀低鸣矣，呼之江南，念之潺潺。
昆兮玉兮，可知往返？月明星稀，可是佳期？
古道消逝驼铃，瀚海百丈无冰。
待青丝暮雪，身心安放，喜忧泱泱。

作者简介

周清 80后，湖北利川人，现居新疆生产建设兵团第十四师昆玉市，热爱诗词歌赋，钟情山水漠原，迷恋田园风光。闲时寄情山水，笔记只言片语，常常怡然自乐。喜欢摄影、管乐、书法、写作等。

甲辰正月十一·吟雪

刘平山

只身千里心悠悠，漫天冰封寄乡愁。
愿携妻儿浴长雪，借得双双共白头！

作者简介

刘平山　字鸿起，中共党员。1980年出生于甘肃武威，常年生活在新疆和田，工作之余崇尚传统文化，唯好书法篆刻，师从蔡兴洲、孙峰，又得董倚桥、翟相永等名师指导，近年来对学习书法略有心得，志在以手中笔墨传扬书法文化于一方，书法篆刻作品多次在甘肃和新疆两地入展获奖。现为武威市书协会员，新疆生产建设兵团书协理事兼书法教育委员会委员，第十四师昆玉市书协主席，和田地区书协副主席，和田师专特聘书法老师，翰辰书院院长。

思乡（十一首）

黄浩明

一

秋风落叶黄，故乡粮进仓。
我身居楼兰，遥指助爹娘。

二

南国初染霜，北国飞雪寒。
游子行江南，托腮思故乡。

三

南国桂花香，北国飞雪寒。
游子戏桂园，望月思故乡。

四

南国杏花白，北塞雪似海。
我身他乡怀，微信赏花开。

五

年年重阳秋叶黄，他乡采菊知乡寒。
一行白鹭啼归原，游子心沉思故乡。

六

年年冬至雪祭天，游子赏雪思故乡。
遥视东方启明星，欲把平安寄爹娘。

七

年年中秋月邀君，他乡望月思乡韵。
古人把酒邀明月，我自遥指视双亲。

八

雪压梅梢祭冬颜，他乡赏梅思乡寒。
遥指微信问冷暖，静待回应意飞乡。

九

重逢前夜倍思亲，闲敲键盘待天明。
辗转反思年少过，悔恨别时不知情。

十

年年吟诗捧明月，错把嫦娥当亲缺。
今日月圆空对杯，回味前天伊人悦。

十一

少时双饮共赏夜，谈书论业志冲月。
年迈南北各一方，冬至把酒单对雪。

作者简介

黄浩明　汉族，笔名浩明、子文。1965 年 2 月生于甘肃省张掖市甘州区大满镇。1983 年毕业于张掖市第三中学。后自修汉语言文学。

2005 年 5 月移居新疆和田。现为第十四师昆玉市二二四团二连职工，第十四师昆玉市民间文艺家协会会员，第十四师昆玉市作家协会会员，中国诗歌网蓝 V 诗人。作品散见于丛书、报纸、网络平台。曾参与老兵故事《永不换防》三、四册的编辑工作。

夜思

周克斌

一

月挂树梢上，提笔入砚池。
稚子来电问，归期待何时？
顿时不知语，搁笔翻旧诗。
借问天上仙，谁能相告知？

二

儿住粤东北，我居十四师。
迢迢千里路，绵绵万缕思。
平日难相见，竟夕起相思。
要问归期日，大约过年时。

壬寅十月十五日观月

周克斌

一

倚栏独立高楼中，遥望星空景不同。
莫非嫦娥知我意，嫣然一笑容颜红。

二

今夜何人上蟾宫，引来万众观星空。
原是吴刚去伐桂，羞得嫦娥玉面红。

归途

周克斌

落日余晖映晚霞，一抹夕阳美如画。
人生何处是归途，最后一站终是家。

作者简介

周克斌 汉族，1989年3月生，湖南邵东人，中共党员，大学学历。爱好诗词、楹联、书法、摄影、运动。

所写新闻稿、散文、诗歌在中国网、中国诗歌网等数十家媒体发布，作品多次被人民网等知名网站转发。其书法作品在十二师融媒体中心、乌鲁木齐晚报、昌吉广播电视台、新疆天晟视界文化传媒有限公司组织的活动中获奖，曾先后获得“先进工作者”“优秀通讯员”“优秀共产党员”等称号。

无私奉献显忠诚

常文芳

横穿大漠不言苦，屯垦戍边敢担当。
天下谁人不思乡，为使边疆长安宁。
甘舍小家为大家，独把思念心中藏。
狂沙肆虐骨更硬，扎根大漠志越坚。
冰山上有新来客，响应号召建南疆。
先辈情怀筑意志，誓把昆仑当故乡。
高质发展谱新篇，老兵精神永相传。

作者简介

常文芳　汉族，1991年7月生，陕西大荔人，大学本科学历，第十四师昆玉市作家协会会员。从事教育行业，酷爱诗歌、散文等。

中秋饮酒

亢凯

白露才过添衣早，天气渐凉已中秋。
赏月不见白玉盘，心中明月照千年。
取来空杯数十盏，饮罢还复敬长安。
长安此时灯火明，醉汉骑驴已忘言。
乡音声声入吾耳，似歌似诉难分辨。
丹桂弥香酒更甚，万里嗅得陈酿味。
唯恨此壶非宝壶，只盛四两一钱酒。
如若此壶是宝壶，一壶打尽长安酒。
酒如黄河水不绝，从天而来入余口。
衣袂随风翩翩舞，天明天黑复天明。
待到长安美酒尽，今夕何夕又中秋。

作者简介

亢凯　1989 年 7 月出生于陕西省汉中市洋县，笔名诗人和雨、秦巴散人，高中开始进行现代诗创作，至今已有千余首诗歌作品。中学时代受徐志摩、林徽因、舒婷等诗人作品的启发，创作了一批个人情感生活方面的作品。入疆工作后创作了许多思乡和描写新疆风土人情的作品。

雨霖铃·独瞻高楼

刘维弘

清欢浊茶，独立阑珊，当知冷暖。
往年送往迎来，随时事，总堪凋零。
阅尽眼底楼宇，尚有苟且志。
黄粱梦，似如残片，只身困游蝼蚁穴。
天涯逐踏扬名愿，在梦中，沧海与桑田。
万念缱绻何处？
问功名，寥落名姓。人难道同，
相共一夕一朝浮萍。世上利弊荒唐业，
常无亦无常。

作长夜将至所赋歌

刘维弘

启航琼楼晓月天，笔墨横姿不见仙。
阔绰以散万两金，烟云过眼数寒凉。
提笔休题风骨辞，琴声应至夜郎西。
知音寥落谁载酒，牧笛吹送事恍究。
蜀黎深山居高竹，峨眉弦月尽已冬。
佛骨道言今何读，诸子百家争不休。

空寻蓬莱苍穹阙，昆仑仙山早隔世。
蓑衣斗笠舟欲渡，驶过骤尘逆江忧。
川南以南何时岸，楼兰传说销魂断。
纵马烽烟三国戏，游戏吟唱归家祭。
青石板上书沧浪，话本演奏人物像。
稻谷只为秋年收，露天街头柳叶瘦。
李子树下种茶园，桂花林里捧芭蕉。
狗尾续貂增史诗，君子不器废柴枝。
二八年轮上弦月，风吹纸上添落雪。
平生晓察人间事，一半浮沉一半拾。

沁园春·缅怀外婆

刘维弘

再造的恩，举世至善，此生怎诉？
记幼年辗转，倾情待我；
一老一小，齐声欢笑。
光景难拥，言语浅色，哽咽无声泣几场。
音容在，怕光阴独白，不敢回望。
教诲声似昨日，烛火新，童年喜乐事。
问人间模样，亲情未断；
春夏秋冬，四季还殇。
青山仍在，海水未干，节衣缩食为我想。
今天上，日月浑浊长，您可无恙？

作者简介

刘维弘 1995年7月出生，贵州省威宁彝族回族苗族自治县人，文学爱好者，就职于建筑装饰行业，主要作品有《横跨一万年》《江城子·一路时光》《临江仙》等。

所见昆玉（其三）

王满飞

一

云升昆仑脚，风从死海吹。
放眼看新疆，人间最寥廓。

二

常因迟归去，故而见晚星。
遍洒千千点，犹如万万言。

三

昆玉出沙漠，瀚海生骏枣。
莫道山川远，仍连故乡心。

腊月再闻家信

王满飞

北风已凋落叶去，雪衣俏妆昆仑山。
锣鼓声里社火起，彩袖招展年景丰。

离远常恐故乡信，腊月再问归期音。
五载呼唤皆在外，春节又是少一人。

满江红

——离乡五载，兼寄诸友

王满飞

暮日云河，夕阳里，满城红遍。又几段，前车成谶，落花难解。五载年华和谁问，行程万里意与梦。待月明，卷起玉帘钩，独相顾。

悲欢肆，唏嘘有，如往事，将覆水。举长缨在手，已留肝胆。便赴昆仑平瀚海，白头不改归来志。勒燕然，百战断风尘，长安定。

作者简介

王满飞　笔名左长安，陕西靖边人，鲁迅文学院文化润疆班学员，第十四师昆玉市作协副主席，现居昆玉。

现代诗

在这遥远的昆玉

周清

在这遥远的昆玉，
那是一片亘古沉睡的土地，
未曾有过金戈铁马的袭击，
也未经受战火硝烟的洗礼。

在这遥远的昆玉，
那是昆仑山呵护下的土地，
未曾见证万山之祖的传奇，
也未目睹神话传说的源起。

在这遥远的昆玉，
那是大漠戈壁拥抱的土地，
未曾留下丝路驼队的足迹，
也未镌刻古老文明的印记。

在这遥远的昆玉，
那是兵团屯垦戍边的土地，
创造徒步穿越沙海的奇迹，
也流传开荒植绿铸剑为犁。

在这遥远的昆玉，
那是传承老兵精神的土地，
诠释着军垦新城真正含义，
也昭示人们勤劳朴实坚毅。

在这遥远的昆玉，
遥远的不是今昔历史对比，
而是享受这宁静和谐美丽，
更是吸引着才俊欣然来居。

在这遥远的昆玉，
遥远的不是他乡故土距离，
而是心安之处的灵魂趣意，
更是人生无悔追寻的真谛。

春天的祈祷（组诗）

吴思章（苗族）

春联

远远的，
远远的我看见，
娘站在春天的门前，
眺盼我寄一副，
春联。

是啊！乡里人，
谁家的日子有望无望，
谁家的香火有盼无盼，
可看他门上，
一年一度，
有无春联。

乡里人，
谁家的门上能贴上春联，
就是有福的门面，
有禄的家眷。

然而，我知道，
再深的笔墨，
都无法拟尽，
娘的豪情和企盼，
那就借一条俗语吧，
——祝福年年。

重唱

再重一块补丁吧，
娘，
让我暖酥酥地度过，
又一年的早春。

再重一块补丁吧，
娘，
贴紧我圆圆的袖口，
让我随时都拥有，
娘的安慰在手边。

再重一块补丁吧，
娘，
守护我厚厚的肩头，
去挑一个，
丰收的年。

压岁钱

盼润一个正月，
让我好久数一数，
娘除夕夜送的压岁钱。

一十二角压岁钱，
一十二月为一年。

娘总是那么为我许愿，
再苦再难的日子，
都会被她，
盼得诱诱惑惑，
望得吉吉利利，
许得圆圆满满。

一十二角压岁钱，
一十二月为一年。

娘借日月的紫微，
照我，兆我，
照我年年有钱，
兆我岁岁平安。

年望

总希望今年，
多几个春阳，

融父亲珍珠般的汗滴，
沐浴禾苗，
绿油油兴旺。

总希望今年，
多几个夏阳，
化母亲乳汁般的汗水，
灌浆穗蕾，
蕊摇摇芬芳。

总希望今年，
多几个秋阳，
用乡亲们在望的丰收，
饱满谷粒，
金灿灿荡漾。

总希望今年，
多几个冬阳，
将乡亲们晒秋的壮景，
谱成乐章，
让心心传唱。

总希望啊总希望，
总希望阳光，
吻遍田野上厚实的脊背，
慰予村庄，
情盈盈风光。

满年

有娘就有年，
父亲和我都心盼，
三百六十五天是日子，
一年到头，
满年、满月、满天，
幸福满满。

娘会持家，会慰难，
殷殷地说，
年关好过，日子难过，
脸面、门面都无关，
就只要，
一家平平安安。
知道娘总是守望她的家，
年年无灾无难。

娘，
又一年了，除夕，
我早早地来看你，
墓前，面前，
孝心，孝愿，
娘啊！今生有您，
意足心满……

选一场大雪纷飞的日子回家（组诗）

吴思章（苗族）

娘亲的雪原

娘亲的雪原，
是一望无垠的情感。
娘亲的雪原，
是无悔无怨的牵盼。

广袤是博大的广袤，
无限是爱心的无限。
从地上到地下，
从人间到云天。

娘亲的皑皑雪原，
荡平了我生命的沟堑，
让我的足迹，
落在路上是景慕，
烙在心上成画卷。

娘亲的辽阔雪原，
是我无边的平安，
向前，是无尽的所有，
向远，是无比的永远。

如今，儿有脸有面，
是娘朴素的心愿，
娘啊！亲不待。
雪，无声……
儿，无言……

最初一场冬雪

最初一场冬雪，
弥弥漫漫，
最早牵引娘的脚印，
深深浅浅。

最初的一树野蜡梅，
开了，开了，
瘦瘦的黄，暗暗的香，
最先相逢最亲的人。

枝头绽放的心妍，
是娘的寄托，
求村里识字的人，
将儿的来信，
反反复复惦念。

娘啊娘，
您不求识字，

求只求读我懂我，
和雪一样圣洁的卓然。

雪落梅花悄悄开，
花开娘来儿也来，
银天玉地儿祈祷，
孝您白发还春魂。

雪愿

植父亲的灵性，
我也喜欢雪天，
庄稼衍赋的谚语，
代代都是，
瑞雪兆丰年。

沿袭父亲的视线，
翻越厚厚的雪峦，
一种冥谧的暗喜，
欣欣冉冉地铺展。

父亲的心眼，
能洞悉圣洁下的热土，
能洞穿迷茫与弥漫，
然后，才下意识地，
握拳掂掂。

顺延父亲的向往，
大雪一年我一年，
庄稼猛长庄稼汉，
于雪，我已不再是浅赞。

问这又一年铺天盖地，
丰丰盈盈的瑞雪啊，
我得用拳掂掂，
是不是父亲遗赠给我的，
意念……

盼雪

在北京打工的日子，
我专门去体会风雪，
长安街上的风，
长城岭上的雪，
都没有娘头顶着的，
高度、飘逸、深邃。

人啊人，
为什么不能让我，
一直挨在娘的身边，
深深体会。

我的第一声啼哭，
是您最深的疼苦，

我每一次负重的背影，
都是您默默的保佑。

好想把行囊里，
您的祝福都留下，
为只为，我勇往直前的，
底蕴和慰藉。

而今，儿工作的地方，
好难得有场大雪，
回首，只有您的，
依依来路，
念念前途。

雪天想回家

选一个，
大雪纷飞的日子回家，
可重温当年打工，
娘在山坳上等到我时，
焦急的那句话：
“儿啊！你回来啦……”

选一个，
大雪纷飞的日子回家，
可再一次远远地仰望，
山坳上那慈祥的，

白玉镶嵌的佛雕，
靠近后再轻声唤：
“娘啊！好冷哪……”

选一个大雪纷飞的日子，
跟娘回家，
好省听娘路上话：
“有钱无钱都不挂，
就盼过年能团个家……”

娘啊，
选一个大雪纷飞的日子，
跟您回家，
纵然可悉数，
这满天飞舞的花朵，
却无法数清，
您那被霜雪染就的，
一头白发……

作者简介

吴思章　苗族，湖南湘西人。大学文化，中共党员，公务员退休。湖南省作协会员，湘西州作协诗歌委员会副主任，吉首市作协副主席。业余创作四十余年。喜欢让作品说话，钦佩用作品说话的诗人、作家。

故　乡（外一首）

刘绍斌

在远方，在远方，
春暖花开，这就是传说中的故乡。
有一天，她给我寄来一封信，
信中透露出浓浓的乡情，
她希望我早日归家。

我的家在北城，
这是我的故乡，
小时候，有一座古楼，占据了我的全部，
当我离开时，她的双眼变得模糊。
这一别，故乡还是故乡，我却漂泊在外；
这一别，龙马山在低吟，她多想我回头；
这一别，李家大院在哀愁，抬起头却是，
那弯弯的月亮。
这一别，故乡在新疆墨玉，
是那奔流不息的墨玉河，
是那古朴俊朗的红白山，
是那披着面纱的墨玉姑娘。

故乡，让我再看你一眼，
我怕当我一转身，
留下的是无尽的思念……

我和春天有个约会

刘绍斌

在冬天和春天之间有一道彩虹，
穿越了五千年的爱恨情仇，
随着长夜里的极光，
进入了我的世界。
那一夜，我和她，
相拥而泣，相拥而笑，相见恨晚。

在这个漫长的黑夜，
有了这道彩虹，我仿佛在五千年的期盼中，
从一个世界，走到，另一个世界的尽头。
破土而出的青铜剑，
在那个混沌的世界，
也有自己的疯狂。
在那个开疆拓土的年代，
英雄辈出，江山永远都是那一抹红色，
刀劈红日，剑走夏、商、周，
从来都是这个世界的主色。

来吧，让我们在那抹红色中热吻。
来吧，让我们在历史的天空，感受，荡气回肠。
来吧，和春天有个约会！

作者简介

刘绍斌　中国诗歌学会会员，新疆作协会员、和田地区作协秘书长。先后在人民日报、中央电视台、文汇报等国内重要媒体发表通讯文章，其诗歌、散文等文学作品见于国内的文学刊物。

彼岸花开

陈海燕

趁我的头发还未染霜，
趁天上的繁星还睡眼蒙眬，
我们去秋天吧。
你听，风那么轻，
像一只猫，
轻轻踩在心尖上。

它才不管你怎么想呢，
阳光托举起海一般瓦蓝的天，
却把层层叠叠的爱恋，
给了山川，给了河流，给了大地，
画出一幅画，叫姹紫嫣红，
写出一首诗，叫秋天的狂想。

别怪我，你来不来，
我都不再等你，
我怕，怕时光等不及，
怕热辣的以血色为妆的鸡冠花，
等不及。

我们去秋天吧，
你看见了吗？
岁月的彼岸，心的彼岸，

花开似锦，暗香轻浅，
一如藏在发间的款款心事，
此消，
彼长。

我愿意浪费和你在一起的时间

陈海燕

我愿意浪费大把的时间，
在阳光洒满窗棂的午后，
在繁星消隐浩宇的寒夜，
手捧一卷诗书，
在字里行间泛舟，
在行云流水间徜徉，
在别人的故事里，
当一回喜乐悲欢的主角。

我愿意浪费许久的时间，
去等一束花开，
嫣红的芍药、莹白的梨花，
在柳荫里次第绽放，
夏季的雨低眉浅笑，
绘出一帧帧水墨丹青，
让江南的烟雨，
在我的心波轻轻荡漾。

我愿意浪费几个时辰的时间，
在水之湄，
在山之巅，
坐在温暖的阳光下，
静静地发呆，
什么也不想，
只有风栖息在我的肩头，
送来海浪轻轻的吟唱。

我愿意浪费数不清的时间，
在瑞雪飘飞的黎明，
在倦鸟归林的黄昏，
慢慢烹制一日三餐，
当葱白椒红蔬果的绿，
轻佻地逗引沉睡的味蕾，
生活的滋味在一蔬一羹间，
变得醇厚而又绵长。

我愿意浪费一生的时间，
去爱走进我生命的那个人，
把外冷内炙的深情，
把深藏于心的爱意，
在四季轮回里缓缓释放，
让我的父母兄弟，
让我的孩子和所爱之人，
因为有我的爱不曾寂寞孤单。

当我任性地浪费挥霍的时候，
我从没有过一丝的愧疚和羞怯，
一种甘之如饴的幸福，
一种独自享受的快感。
让时间仿佛停止，
宇宙一片宁静祥和，
我高昂起戴着王冠的头颅，
俯视着过往的一切，
让凡尘俗事，
在心中长出万顷花海。

春天的怀想

陈海燕

在塔克拉玛干南缘，
在胡杨昂然挺立的地方，
春天的使者，
不是清润的绿草，
不是鹅黄的柳芽，
料峭的风才是，
漫天的沙尘才是。

一年又一年，
风沙如迁徙的候鸟，
聚散有定，来来去去。

那些已然故去的背影，
那些意气风发的年轻面孔，
让自己在飘扬的风中，
站成了一面猎猎作响的旗帜。

随风飘落的种子，
在梧桐成行的街道，
在爬满葡萄藤的庭院，
让玫瑰和月季的清香，
芬芳了整个盛夏，
给落沙成雨的大漠，
增添了明艳灵动的颜色。

红枣花开过，
是谁静守着一树花开，
却不复初时的模样，
那满树累累的果实，
多像少女羞红的脸，
圆润又饱满，
风中都流淌着甜蜜的笑。

冬天是这里最好的季节，
无风亦无沙，
当皑皑白雪落在天边，
落在巍巍昆仑之上，
思念让夜晚变得漫长，

我将记忆中的每一粒风沙，
化作万语千言，
随清晨的第一缕霞光，
随飞扬的片片雪花，
飘向梦中遥远的故乡。

晾晒

陈海燕

把吸饱阳光的长豆角，
洗净，焯水，断生，
只保留青绿一色，鸟鸣，
和徐徐的风声，
一根根悬挂起来，
在太阳下晾晒，
颜色逐渐，
由青绿变得深沉，
身躯日渐消瘦、干瘪、坚硬，
走向另一种宿命。

想起祖祖辈辈，
都是这样晾晒豆角，
辣椒，茄子，花椰菜，
以及稻谷，玉米，小麦……
当风雪来临，

那晾晒的粮食和蔬菜，
成为餐桌上唯一的主角，
不提前尘旧事，
只闻生活的味道。

感谢祖辈，
教我如何把秋天，
晾晒成一道久久的怀想。

清明

陈海燕

把思念别在衣襟，
朝着故乡的方向。

南疆之南的风，
比柳丝长，比星光长，
让白发祖母的牵挂，
比那个世界的年轮更长。

每年我都会种一棵树，
一棵会开花的树，
在你必经的路口，
花香满径。

浩荡的春风里，
我为你亲手种下的树木，
杏花成阵，梨花胜雪，
一半化作了春潮，
一半化作了回忆，
静静地讲给你听。

作者简介

陈海燕　汉族，本科学历，新疆作家协会会员、新疆生产建设兵团作家协会会员、石河子作家协会会员、第十四师昆玉市作家协会副主席。2019 年 10 月从八师石河子市工商行政管理局选调到第十四师昆玉市工作。业余时间从事散文、诗歌、小说、文学评论创作，在《中国工商报》等报刊发表散文、诗歌、文学评论数百篇，多篇作品获奖。著有散文集《桃花香满衣》。

喀什塔什

吕永进

从和田出发途经洛浦，
再到一条曲折宁静的小路，
我错过高楼、村落，还有那羊群，
把心放在延绵不绝的山峰与沟壑里的河流，
就这样一路向前奔驰库玛提，
还有那山坳里带有绿色的兰干，
我看到了人们脸上洋溢着的热情，
还有和这山峰一样的质朴、真诚。
盼望着见到幻想中的黑山、白玉，
感受喀让古塔格的彪悍和尼萨的美丽，
再一睹玉龙喀什河奔腾的源头。
当坐着小巴郎吱吱作响的皮卡，
穿过跌宕起伏的牧场和深不见底的峡谷，
我把心放在了云端皑皑的雪山，
轻微的一个小盹，
我便走进了你的心田，
你那纯真无邪的天然，
你那灿烂的略带羞涩的笑容，

你和你的女人，
房子羊群正如这昆仑，
河流草丛，
生生不息。

作者简介

吕永进 1992年7月1日生。甘肃礼县人，大学本科学历。现就职于新疆和田县罕艾日克镇人民政府。平时闲暇偶写作，擅绘画，好书法。

有一个地方

张鸿林

有一个地方，让你心驰神往。
有一个地方，让你终生难忘。

看那一排排整齐挺拔的白杨树，
一棵棵绿油油的葡萄树上，
挂满了一串串亮晶晶的葡萄，
一阵阵浓郁的玫瑰花香扑鼻而来，
听，还有那巴扎上的吆喝声：
“塔无子，比块，塔无子，比块，
西瓜一块钱了……”

那一块块圆得像月亮一样的馕，
一袋袋个大皮薄的核桃，
一个个裂开了嘴笑着的石榴，
一块块温润如脂的玉石，
一匹匹华丽柔软的艾德莱斯，
一块块色彩鲜艳高雅精致的地毯，
一张张沉淀了历史记忆的桑皮纸，
一首首热情激昂的十二木卡姆。
还有那一个个头戴花帽，
梳着长辫子，

穿着花一样的裙子，
跳舞的姑娘。

丝绸之路南道上，
叮叮当当的驼铃声，
依旧
回响在我们的耳边。

安西四镇的遗迹，
静静地躺着，
见证着这里的今天和昨天。

这是什么地方？
这就是我国的西部边疆城市
——新疆和田。

风吹过靖远

张鸿林

风吹过靖远，
吹过了一座山又一座山，
吹过了一道湾又一道湾，
吹了一年又一年。

风吹过靖远，
吹得柿子红西瓜甜，

吹得小麦黄稻子弯，
吹来了雪花一片一片铺满山。

风吹过靖远，
农民弯着身子背朝着天，
却吹不走脸上淌的热汗，
地上的娃娃围着忙碌的妈妈转圈圈。

风吹过靖远，
双手端起香香的臊子面，
凑上鼻子闻了闻奶奶做的散饭，
慢慢地咽下了对老家的思念。

风吹着靖远，
天空还是那么高那么蓝，
黄河的水仍然清凉甘甜，
黄土地上的娃娃们一个个地走远。

风吹过了靖远，
在黄土地上停留了一晚，
化作了这夜里的雪，
一片一片地渗进了祖先的土间。

那扇故乡的窗

张鸿林

题记：远离故乡，故乡只剩下回忆，只能通过一扇窗来勾起对故乡的思念。

树叶飘落，
季节更迭，
我呆呆地，
立在某个角落，
心中有一扇窗，
一扇故乡的窗，
不停地在叩击我的心扉。

有什么能让我，
打开你，
我心中的故乡。

是那一碗长寿面吗？
那一碗盛满了
妈妈的味道的
长寿面吗？

是那一瓢黄河水吗？
那一瓢浑浊
流淌了千年的
黄河水吗？
是那一座太白山吗？
那一座装满了
我儿时记忆的
太白山吗？

还是那一个个故乡人？
那一个个勤劳
朴实热情善良的
故乡人吗？

时光这扇无情的门，
将我们的记忆关闭，
淡忘。
我不得不，
在夜深人静的时候，
轻轻地打开你这扇故乡的窗。

沙枣花，香天涯

张鸿林

折一枝沙枣花，送给要远行的他，
带着花香带着家乡的牵挂到天涯。

折一枝沙枣花，那梦里的沙枣花，
阿妈牵挂着的娃娃已在天边长大，
站岗放哨勤学苦练日夜守护国家。

折一枝沙枣花，那远方的沙枣花，
散发着花香的阿妹我日夜的牵挂，
金色花迎着风如你的眼一眨一眨。

折一枝沙枣花，秋天的果满枝丫，
送给我牵挂的慈祥的远方的阿妈，
送给我朝思暮想的放在心上的她。

折一枝沙枣花，那家乡的沙枣花，
秋去冬来苦苦等却不见远方的他，
她来到了边关发现他早已牺牲啦。

折一枝沙枣花，那故乡的沙枣花，
植入祖国边疆的泥土一起陪着他，
在他身旁守护着秋冬等待着春夏。

折一枝沙枣花，让花香随风飘洒，
随你随我随他，落向祖国的天涯。

作者简介

张鸿林 笔名大漠白杨、海杨，1985 年出生于甘肃省白银市靖远县北湾镇高崖村，2009 年至今供职于新疆和田地区墨玉县北京初级中学，爱好诗歌、书法。

初秋美景·快乐乡愁

祝瑞彩

秋花盛开着淡雅的乡愁，
落叶深处簇拥着片片乡愁，
秋天，一种微微的暖，
疲惫，一声声呐喊托着，
一颗心的彩色乡愁。

一朵红红的花开着，红红，
红红的乡愁，
一片黄黄的叶亮着，黄黄，
黄黄的乡愁，
一条青青的河水流着，青青，
青青的乡愁。

心中捧着乡愁，如小提琴，
溢出来的彩色音符，
如四季的雨水，润湿了，
彩色的心田，
如一只萌萌的小花猫，
一个个梅花落在原野上，
寻找自己的梦，
快乐乡愁。

中秋佳节·满月乡愁

祝瑞彩

满月的清辉洒在月饼的香泽上，
饮一口李太白的酒，倾诉
谁的乡愁，
我似靠在伊人的肩膀，而伊人靠在了月亮上，
惊乍了如酒香一般的乡愁。

月光洒下来，席天暮地，如
沐浴乡愁，
寻不见自己，寻不见路的
方向，
那飘飘渺渺的乡愁，带着我
踏向新的杨柳彼岸。

满月的光色纤纤，不染烟火的尘，
捉住一丝月练，把它插在梅瓶里，
开了一夜的月华，
燃了一夜的乡愁。

晨曦的光扑在窗帘上，
昨日的乡愁如青鸟，悄飞去，
那一株桂花香散发的清愁，清冽，
缓缓，缠绕在心间。

初心枣园·记住乡愁

祝瑞彩

登上木栈道，
绿绿的叶，红红的果，
眼线如拂了风，一延又延，
急切，眼与心一齐到达，
心立刻攫取过来，
放在心底，品尝。

故园的乡愁融进泥土的颗粒，
滋养着枣树苗，
长成了千千万万，万万千千棵，
结生成新的乡愁。

守护着在水一方的乡愁，
耕耘着努力追寻的乡愁，
丰收，喜悦，
收获，美好。

枣园，如飘着一片乡愁，
心海，
停泊着美好，
落成了无悔，

升腾成袅袅烟火，漫漫乡愁，
仰望着山山水水，未来乡愁，
凝成一颗初心的希望，
繁华，幸福路。

走过炊烟升起的地方

祝瑞彩

蓝天托着最美的夕阳，
顺着潺潺流水的河坝，
迎着路边半黄半绿的杨树，
来到炊烟升起的地方。

来到炊烟升起的地方，
那是我心中的天堂，
烦躁的心胸融进了一幅诗情画意，
在最虚弱的胸膛，
感受到了千里之外家的芳香，
年轻时所享受独一无二的痛苦，
得到释放。

我走过一些路，
路过几个有着美丽风景的桥梁，
陌生的、熟悉的都渐渐遗忘，
唯有那一缕炊烟伴随着我，

使我孤寂的心底涌起温暖的波浪，
溢出爱的力量，
啊，遥远冷冷的远方不再害怕，
路就傍依在我的身旁。

回家的感觉

祝瑞彩

曾经，
不止，一次，
家乡的声音如三月稚鸟一般，
在我心中啼叫着，
雪花飞舞，
爆竹声声，
我，带着一份满满的思念，
回到了家乡的怀抱里。
走在晓寒笼罩的柳陌上，
水泱泱的池塘边，
倚在清香扑鼻的数枝梅花旁，
长长的木桥，
明月树林，
肆意地释放着，
每一丝每一刻的思念。

也许，
寻找一种记忆很难，
房子变了，
马路变了，
人也变了，
变了，变了……
可是，有一个感觉，
醇厚的乡音没有变，
亲切的眼神没有变，
真挚的问候没有变。

其实，
回家，团圆，
一切的努力，
都有了一个希望的结果，
心在回中幸福着，
人在忙中快乐着，
所有的心灵静谧，
从此，
新一轮奋斗的号角吹起。

走在城市的上空

祝瑞彩

我的心随着梦飞，
十分的悠长，

它一直在延伸，
延伸至城市的上空，
它在鸿鹄声中飞扬。

是一个建设者，
为它耗尽最后一滴心血，
是过客，
为它动情地唱一首真情赞美之歌，
是路人，
那就爱惜怜爱地走过，
勿惊动路边树上一只唱歌的小鸟和
静静吐着蕊香的一朵小花。

我的梦随着心飞，
十分的悠长，
它延伸至城市的上空，
它在子规声中生长。

我们守着沙漠

祝瑞彩

风一直在吹，
沙一直在扬，
在浑黄的天地间，
人与人，车与车急促晃，

不断冲撞，
路与路的连接。

每一次风与沙的疯狂洗礼，
惊慌了路人，
等一场清凉的夜雨淋漓，
在一片一片拱起的沙丘边，
一丛丛骆驼刺露出了笑脸。

沙漠的故事多，有，
绿洲，有村庄，有大棚……
善良的我们用着爱的多维度，把这里
打造成幸福苑地，
相亲与相爱。

我们守着沙漠，
我们默默耕耘，
我们汗流浃背，
沙漠小事变成了一串串童话，
走进了人类希望的记忆。

每天

祝瑞彩

太阳从路的东边升起，沿着
一个美丽的弧线，又落到

路的西边，路边的树木
已葱茏成材，现已成为
小树的乐园，
来来往往的行人，
黑头发飘来飘去，
不知何时已银发斑斑。

是否有人记得日落日夕之情，
是否有人注意路边的优美风景，
是否有人道自己的岁月几重。

放眼望去，
一朝一夕的新奇，
一家一户的风情，
蒸蒸日上的繁荣，显示
自然变幻的美，
生命力的奇迹。

现实中的远方

祝瑞彩

有几双眼睛，有几个远方，
一双眼睛，如水一样，
漫过一望无际茫茫的黄沙，
当狂奔的汽车成为一种孤独，
当蜷缩的瞳孔挣扎着一抹沙，

热辣的太阳萌，
干干的馕饼香，
当狂热的心一次次抚摸戈壁，
它冷漠如冬天的冰石，
一场淅淅沥沥的心之泪，
无法靠近。

有几颗心，有几份心动，
一颗心，如桑树皮干裂，
吟唱大风起沙飞扬的荒凉，
当牧羊老汉与黄沙一样的脸色，
当年轻姑娘的舞蹈与风一样轻快，
香香的烤包子，
甜甜的西瓜瓤，
他们的血液打开生存密码，
与这里的自然万物融合，
他们爱的深沉的家乡，
正是我们现实中的远方。

回忆

祝瑞彩

回忆，浅，
回忆，深，
回忆，一个针的短，
回忆，一根线的长，

回忆，甜的酸，酸的甜，
回忆，温暖伴着纠结，
纠结缠着温暖。

回忆，简单，
回忆，复杂，
回忆，心中的累，
回忆，生活的美，
回忆，哭着笑，笑着哭，
回忆，努力。

春风拂过了桃花，
冬雪飘落了田野，
留有，一碗岁月的香，
一个月亮的半。

作者简介

祝瑞彩 曾用名来者无声、来者无声 ZRC。先后在《和田日报》《中国诗歌报》等发表诗歌并被多家网站转载。在红袖添香网站发表中篇小说《爱在天宇》。

曾荣获《作家平台编辑部》作家平台优秀诗人，2021 年度优秀诗词家，2023 年 5 月上海创意写作班优秀学员。

碎片拼凑的梦

赵鸿飞

陪我长大的村庄，
面目全非，
只有月亮，
也是整个村庄留下的唯一念想。

村庄搬迁了，房屋消失了，
月下劳作过的村民，
进城的、去异乡的，
都去圆梦，梦如天空明月。

进城的坐在小区门口，就像蹲在昔日的田间地头，
拼搏他乡的，
谈论着今年收入的多与少。

半空的月亮听着听着，
欣慰地笑了，
他们流露出的点滴故事，
就是故乡碎片拼凑出的梦。

梦里的妈妈

赵鸿飞

微弱星光，
在一望无际的夜空里眨着眼睛。

坐在广场上的四位留守老人，
借着灯光，用麻将牌拼凑故乡的模样。

他乡漂泊的我，
心里装着故乡的小河、田野、夕阳，
还有清晨的鸡鸣声和袅袅炊烟。

思乡的泪花，被晚风带走，
飘到故乡变成云，
在天空中流淌。

梦里，离我而去的母亲，
从遥远地方赶来，
轻轻呼唤着我的乳名。

中秋想念父母

赵鸿飞

父母去了远方，很远很远的地方，
再远，也没走出我的心房，

因为父母长住那里，
常常让我牵挂。

七月是灰暗的，对我而言，
它给我留下了阴影，
伤痛至今，
十一年前和六年前的七月，
母亲和父亲离我而去，
让我泪如泉涌，
平日沉默的我也发出悲声。

中秋的夜晚，我曾经向
吴刚和嫦娥询问，我的父母在哪里容身，
他们在天堂还好吗？

一阵秋风，落叶如蝶，
我，回眸凝神。

记忆中的小河

赵鸿飞

从记事起，
小河，就一直没洗过澡，
除非雨季下暴雨，
才会洗洗身体。

小河，成了一位留守孩子，
家乡人远走他乡，
乌鸦，
成为小河伙伴。

偶尔在朋友圈里，
看到儿时攀爬过的老楸树，
站在，村头，
绝望地看着，祁连山褶皱中，
延伸出的小河。

清晨　有风吹过

赵鸿飞

清晨，露珠从花丛中跳出，
与七星瓢虫亲吻，
贪睡在祁连怀抱的月牙，
把鸟鸣声当作催眠曲。

赶早市的菜农，
把清风拧成一股绳，
将自己菜园中种的
茄子、辣椒、黄瓜、豆角、土豆统统装进筐，
挑在肩上匆匆前行。

我被早起的风吹得一个趔趄，
惊吓中，
看到的都是忙碌人影。

在梦里

赵鸿飞

垂柳在湖边轻轻摇摆，
享受着春日阳光带来的温馨，
桃花的脸被夕阳吻得通红通红，
小鸟在叽叽喳喳地议论，
羞得桃树想赶快躲进夜色之中。

此时，我站在车流如水的大街上，
独自徘徊，
想这个季节应该回到农村，
帮母亲捡种剥蒜或者运粪，
把爱吃的西红柿辣椒茄子西葫芦统统种上，
再把全家人一年的小麦洋芋种上，
让简单日子有滋有味。

如果时间能倒流，
去帮父亲上山放羊，
让他的老寒腿少翻几座山梁，

去帮妈妈加固地埂挖挖地角，
而实际上，这些都是我的幻想，
我已离开故乡，父母早已去了天堂，
现在有许多人和我一样，
孤独时会念想，
离去的爹娘。

作者简介

赵鸿飞 原名赵开新，农民，甘肃古浪民权人，现居新疆和田市。孔子诗歌协会会员、中国诗歌网蓝V诗人、诗人作家档案库认证诗人、新疆和田地区作协会员、第十四师昆玉市作协会员、甘肃古浪县作协会员。从一九九零年开始在《中国乡村》等媒体发表作品500多篇（首），在各类征文中获奖10余次。出版《赵鸿飞诗歌散文集》。

故乡是什么（11 首）

吕勇

一

庭院里的秋千，
落叶堆满思念，
你扔掉烦恼，
开始大步向前，
月光被风撕成碎片，
散落在你的日记里面，
山水之间，金黄麦田，
悠扬和声，红晕稻草人的脸，
你留下的名片，
不再羡慕南飞的燕，
一幕幕，一片片，
……
红色土壤里，
不一样周天。

二　采桑子·日暮

清风易瘦马，落日满天涯。
故人田园意，劝我早还家。

三

这一夜，很多梦，
都是在回家，
月在枝头，
心在家头。

这一页，故事很多，
从小到大，
从家的东头写到家的西头，
没有山岚叠翠，水墨风情，
也没歇斯底里，
有的只是隔窗的阖家欢乐。

这一夜，月很圆，
月饼也很圆，
家却很远
……
本想写，
同赏一轮月，
共度一个秋，
可心里想的，
海上生明月，天涯共此时，
青山一道同云雨，
明月何曾是两乡。

故人今人若流水，
共看明月皆如此。

四

万物开始凋零，
秋也在凋零，
风里有了冬气息，
残留在枝头的一抹绿色，
终会在冬风里骨瘦嶙峋，
我只有不断追寻光影的脚步，
在萧瑟秋风里，
我开始想移栽一盆绿萝，
为冬储存一点生机，
故乡的绿色，
依然生长，
远行的人啊，
从未停止对故乡遐想。

五

以为我是孤独的，
可每当我在阳光下行走，
我的影子与我同行。

热闹的人看着风，
冷清的人做着梦，

而我心里有风有你也有梦。
云江水路两茫茫，
正见明月落篷舱。
一行鸿雁飞天际，
满纸乡思寄故乡。
起风了，
想看，你身后的写满沧桑的墙，
七色崖，花开，
咖啡店风铃依然作响，
小店故事每天都在生长，
天南海北的过客，
马蹄声，铿锵，
总有一首歌谣，
把你拉向故乡。

路灯，拉长飞蛾的翅膀，
影子，谱写时间纸短情长，
云潜在四季，随风飘扬，
一叶障目，坐井观天，
费得思量，
秀才不出门，
去爱上，
今夜月亮
栖息的长廊。

剪了一苇，仗剑渡江，
曾经的梦，
全算在生计上，
一块钱的圆满，
甜蜜了多少梦乡，
随性而为“阔绰”，
却打湿了眼眶。

烟火人间，水墨江湖，
故人会相遇何方，
何妨。

十年，听起来好漫长，
好像又不过，三个床，
从南到北，北到疆，
换了个方向，
晚了两个月光。

说好要一起
去的远方，
静静坐在石凳上，
听蟋蟀和夜莺合唱。

朝花惜时序，
只有那一章，
八仙过海的墨香，
提起依然，冒着光，

等一个人，打破窗，
放进，满天星光。
听妈妈，讲那个远方。

六

孤独的烟囱，
人潮涌动，街头，
一只风筝，
衔着飞翔的梦，
飞向远方，
一根叫作故乡的线，
永不会迷失。

三轮车，
在泡沫清凉盛夏，
穿梭在大街小巷，
一毛五的冰棍，
一群跳动的精灵，
奔赴原野、山海。

昨夜，
下了一场又一场，
玉米味雨，
清晨的上空结着，
白色的雾，
门前一条小溪奔流，

母亲说：
孩子，
长大了就能去远方。

热干面，
弥漫在老街，
一只小猫伸了伸腰，
追着蝴蝶嬉闹，
我蹲下拥抱，
它的美好。

耳返里的稻香，
呼吸草莓味的光，
你坐秋千上，
听，小提琴
哼唱，贝多芬月光
拥我入了梦乡。

我向大海
和山川，
奔跑，
寻找，一座叫作故乡
的城。

七

一个人也要胸怀星辰大海，
只要心里有光，
何惧黑暗，
所行皆是星光灿烂。

我把世界温柔，体贴入微都给了你，
你能不能把孤独寂寞留下，
去看看，夜幕下星河滚烫，
炊烟袅袅，人声鼎沸，
不信，你抬头，
一弯星月，正冉冉升起。

我们背井离乡，
一路跌跌撞撞，
也曾为了梦想，
也有碎银几两，
时而忧伤，
时而彷徨，
最怕的不是囊中羞涩，
而是月色入长廊，
故乡人高亢，
至此，
夜拉得老长，
大海在眼里泛起波浪。

八

洛阳的风吹不黄新疆街道，
故乡犬吠，
去时常入梦，
心里有春风和阳光的人，
不论走到哪里，
都能绚丽夺目。

九

窗外的蝉鸣，
故乡的原野，
小河潺潺流水，
月光栖息在酒杯，
和着熊熊的篝火，
一饮而尽。
我们害羞，
红晕的脸，
原来这个世界，
还是有那么一刻，
心是跳动的，
万家灯火，
不在忽明忽暗，
一切都在，
风里变得清晰。
我们得开始远足了，

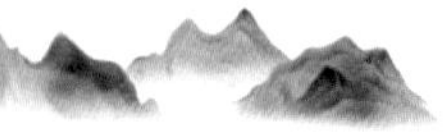

去看看诗里的塞外，
塞外的牧场，
风吹草低见牛羊，
和竹笛下的
大漠驼影。

十

西北的风总是很粗狂，
玫瑰从未在这片土地生长。
落日躺在风车旁，
故乡住进了梦乡，
你去了远方，
我也离开了家乡。
好想在七月，
把你拜访，
一起回故乡，
孝敬咱爹娘。

十一

月光流进了他乡，
思念嵌入故乡，
我坐在沙丘上，
门前田野，
青蛙高亢，
萤火飘扬，

我和影子，
故乡灯火对唱，
即便是肖邦，
也弹奏不出，
我的忧伤。

作者简介

吕勇　笔名瑾夏懿辰，汉族，祖籍云南省昭通市镇雄县，来新疆生产建设兵团2年。喜欢文学，在美篇有个人公众号。

乡愁是一串童年的回忆（组诗）

黄浩明

赛水漂

池塘旁，
树荫下，
五个孩童闹喳喳，
一对蜻蜓飞出手，
点出两行水上漂，
一二三，四五六，
廿朵浪花水面游，
一片天空摇啊摇，
五个孩童哈哈笑。

放风筝

春风里，
旷野地，
一根线一双手，
牵住飞翔的守候，
任春风，吹起朵朵彩云，
西山抓住日头的时候，
风，才把一群孩童卷走。

喊春花

一双小手，
捧起一团圣蓝的火，
喊来一群伙伴，
喊出一组春景。

吹树哨

拧一节春景，
将春枝抽筋，
吹出一种哨音，
惊飞枝头的鸟影，
小脸上憋起青筋。

吹麦笛

抽一节父亲的辛劳，
掐去收获，
吸一口麦秸香，
吹响一颗童心，
吹出收获的风景。

打陀螺

冰面上，
一群孩童，
几根麻鞭，

甩打着一颗颗旋转的心，
几个飞旋的陀螺，
旋转出一组冬景。

堆雪人

雪地里，
一组书包堆出一道风景，
红红的小手，
给雪人配上奶名，
上学的路上，
把雪雕瞄准，
雪雕，孩童，
耍成一幅雪景。

记住乡愁（组诗）

黄浩明

送别

乡愁是别离时的撕扯，
告别的那一刻，
你挽留的眼神，
是一股让人心酸的力量，
你擦拭泪水，
挥手作别的姿势，

定格成一幅永不褪色的油画，
你渐远渐瘦的身影，
是一道让人无奈的风景，
你脚下拉细拉长的路，
是扯住我心尖的缆绳。

离家的时候，
乡愁是一种距离，
离家的时候，
父母的身影，
把离家的路拉得一长再长，
门前的小溪瘦成了一条线，
屋后的山峦渐行渐远，
屋顶的炊烟与天相连，
离家越远，
父母累弯了腰的背影，
越近。

寄托

乡愁是一种穿越时空的寄托，
节日里，
我点亮孔明灯，
把祝愿轻轻托起，
我仰望最亮的那颗星，
思念穿越星空，
孔明灯渐高渐远，

我的心飘向家的方向。

想回家看看

乡愁是勒在心尖上的一道痕，
在家的时候，
无论天阴天晴，
偷一份闲暇，
温一壶烧酒，
无论兄弟朋友，
坐在母亲煨的热炕上，
猜几套家乡拳，
抿一口烧酒，
叙叙家常，
没有奢华，
滋味当别致，
真的，朋友，
我想回家看看，
无论小聚或是畅饮。

四十年后的重逢

乡愁是久别重逢的痛，
从来没有看过，
你穿旗袍的样子，
四十年前没有，
后来也没有，

想象里没有，
梦里也没有，
记忆的翅膀，
还停留在学丫时候。
你穿着旗袍出现的样子，
让我看惯的老街变了颜色，
眼前，不再是记忆中的那个学丫，
是从古文里走出来的精致，
像一幅古画，耐人寻味，
是从历练里走出来的沧桑，
像一串故事，令人心酸，
是从岁月里走出来的丰厚，
像一棵秋梨，让人嫉妒，
风韵沁心入脾，
发髻里锁着高贵，
骨头里渗出风雅。
恬静一笑，
像一罐蜜，
还保留着学丫时的甜美。
回眸一瞥，
像一幅油画，
还保留着学丫时的青涩。
轻轻一声问候，
水一样的声音，
还保留着学丫时的矜持。
浓浓的一次拥抱，

像一股暖风，
吹散了四十年的距离，
把思念定格在空间，
吞噬了学丫时的羞涩。
那笑容，
那眼神，
那声音，
那拥抱，
揉碎了，两颗沧桑的心。

母亲的时间

乡愁，是父母劳作的时间，
百灵鸟叫了，
炊烟在晨曦中，
越高越粗，
那是母亲的形象。

生蛋鸡醒了，
玉米屯子，
一把一把浅了，
那是母亲劳作的结果。

露珠落了，
猪圈里有了猪草，
一双手湿成了皱褶，
那是母亲的希望。

日头下山了，
母亲矮小的身材，
一折三，
跪在土炕前，
很高，很大，
那是母亲的温暖。

孩子睡觉了，
洗衣盆浅了，
晾衣架满了，
那是母亲的爱好。

月亮带着娃儿下山了，
母亲的针线包拉空了，
孤灯下，
母亲重复着一个动作，
那是母亲的作业。

冬天来了，
母亲的手裂口满了，
那是母亲的收获。

过年了，
一家人围坐成团圆，
母亲慈祥的脸，

笑出了皱褶，
那是母亲的幸福时刻。

儿子上大学了，
母亲的眼老花了，
儿子的儿子上大学了，
母亲的心血尽了，
那是母亲的宿命。

写在春天

亢凯

我如何得知春已到，
是花的讯，是你的信，
水绿成柳的一片荫，
枝弯成你的一道眉，
鹅黄的蕾摇乱春水，
眼角的纹可乱了心神。
等四月，等花开，
我用熬了一季冬夜的黑眼圈，
循声而来，像初雨跌下般你追我赶，
待到绽放，盼你盛装，
好让这零零星星闪烁不停，
不用太久，不知多久，
只一袭白色，填满四月，
这惊喜又似久伴，
是这般平凡喜乐。
我在围墙上开个小窗，
顺便在小窗上安双眼睛，
如此，
来是春，离是春，
思是春，忧也是春，

春色上心头，
心里常是春。

4 月 12 日午后于和田

秋信

亓凯

以秋的名义，
寄一封信，
地址是远方，
时间是今朝。
捏一支棉签，
写在叶上，
拾一根树枝，
写在地上，
握一支长篙，
写在碧波粼粼的江面上，
拿一把扫帚，
写在星光闪闪的夜空上。
有些字迹，
即将模糊，
有些情感，
终没个所以然，
写在地上吧，

难抵风吹黄沙，
写在叶上吧，
难经日晒露打，
写在江上吧，
又难抵星辉月华，
写在夜空吧，
又难经云雾飘洒。
哦，是的，
等这些字消失干净，
便知信已寄出，
来年春梅早发，
这是你的气息，
该在雪消以前嗅着它，
来年新燕归巢，
这是你的身影，
该在天暖以前寻着它，
嗅着它，寻着它，随了它。
去吧，去吧，
到春暖花开的远方，
到嫩柳摇情的远方，
到城门楼子高耸的远方，
到婆姨们三五成戏的远方。
去吧，去吧，
请万万要记得，
巴山以北，
秦岭以南，
那是我们的家乡。

想回西安去看雪

亢凯

我想回西安，去看今年冬天的第一场雪，
当漫天雪花分批次奔赴而来，
就像我长途跋涉，在，两个有些落差的世界。
我想回西安，去看今年冬天的第一场雪，
当漫天雪花分批次缚住绿色，
就像我几经辗转，在，昨天和今天冷冷的夜。
那就快些收拾行囊吧，
带上几卷书，带上几瓶橘子罐头，
捎上几件御寒衣服，
还剪裁牵挂，打了结系在脖子上，
再像流水裹挟某物似的，
或像在路上行走的人，
直接把东西夹在腋下，
一次次在将睡未睡时幻真参半的境里，
回家。
回家是一年中精心策划的最长旅行，
陌生又熟悉，激动又淡然，沉着又轻快，
是似水流年冲不淡的长情，
是悠悠岁月恰到好处的安排。

11 月 25 日于疆

年

亢凯

家乡的年是开明广场的人潮熙攘，
是朱鹮梨园的小坡春早，
是小西街的阵阵酒香，
是春联和福字荡开的中国红，
是看春晚时妹妹端来的热气腾腾的年夜饭，
是欢乐祥和，是喜庆团圆。
当零点的钟声准时敲响，
当电视里唱起《难忘今宵》，
当屋外鞭炮齐鸣，烟花照亮整个夜空，
那夜空像是自家的承包地，
菊花状绽放开来的烟花、繁星、梦想，
统统都是我的，
我还痴痴忆着过往，
前脚跨过门槛，后脚留在客堂，
结束与开始奇妙重叠，
又像路灯下的醉汉和他的影，
相连的仅仅是脚，
就此别过吧，就此别过吧。
年是故交又是新知，
先高山琴韵再张臂环抱，
先入旧年再入新年，

乘着春风，祖国这艘巨轮已扬帆启航，
乘着春风，勤劳的我国人民浩浩汤汤，
足下的土地噌噌冒起嫩绿，
所见之人，皆是年青。

2024年2月13日晚于疆（2月14日午后修改定稿）

贺《记住乡愁（三）》出版发行

周克斌

金风送爽，丹桂飘香，
沐浴着秋日的阳光，
欣闻《记住乡愁（三）》出版发行。

故事延续在每个篇章，
记忆定格在每座诗楼。
多少往事浸润心田，
唤起乡愁的深情厚意，
借笔尖流淌着乡音的风采，
用文字抒发着思乡的情怀 。

熟悉的乡音，在字里行间流淌，
田园的风光，在诗句中跃然纸上，
家乡的山水，在书页上绽放光芒。

祝贺《记住乡愁（三）》出版发行，
愿《记住乡愁（三）》的阅读者，
漫步诗境，遨游诗海，
扬鞭驰骋在乡野间。
愿诗中的乡愁，
飞向每个人的心海，
让我们共同追寻，那美丽的故乡之梦……

年轻的城——昆玉

周克斌

在祖国的西北部，
有座年轻的城市，
昆玉，昆玉，
你是一颗璀璨的明珠。

这里的人民勤劳，
多民族和谐相处，
有沙海老兵精神，
有独特红色文化。

在南疆的大地上，
有座绿色的城市，
昆玉，昆玉，
你是人民幸福的家园。

昆仑山下建新城，
沙漠边缘创奇迹，
我为你骄傲自豪，
为你欢心把歌唱。

昆玉，昆玉，
兵团人建起年轻的城，

昆玉，昆玉，
你是大漠戈壁的瑰宝。

朝霞

周克斌

在清晨的微光里，
朝霞映照天际，
一片美丽的景象，
让人心醉神迷。

初升的太阳，
如同一个红色的圆盘，
渐渐升上天空，
朝霞开始变幻。

从粉红色到橙黄色，
再到金红色，
朝霞的色彩，
让人眼前一亮。

远处的山峦，
在朝霞的映照下，
显得格外雄伟壮观，
让人心旷神怡。

在这样的美景中，
人们仿佛置身于仙境，
忘却了一切烦恼，
只有无尽的欣喜。

朝霞的美景，
是大自然的杰作，
是人们心中的向往，
是永不褪色的记忆。

儿时的伙伴

周克斌

儿时的伙伴，
如今何在？
曾经，
一起掏鸟窝，
一起打弹弓。
那时候的天空，
那么蓝那么高，
我们的笑声，
仿佛还在耳边回荡。

那些日子，
无忧无虑，

自由自在，
捉蜻蜓，
采野花，
池塘里戏水。
夏日的午后，
我们躺在树荫下，
说着未来的梦想，
仿佛一切都能实现。

如今，
我们各自天涯，
但记忆中的那份纯真，
永远不会消失，
永远刻在心头。

我的伙伴，
虽然相隔千里，
但心永相连，
儿时的友情，
永远不会忘记。
愿你一切都好，
愿你的世界充满阳光，
愿有一天，
重逢相聚，
再续儿时那段美好时光。

我的故乡在南方

周克斌

在南方的温暖怀抱中，
有一片我深爱的土地，
那里有我童年的欢笑，
有我青春的足迹。

在南方的翠绿山岗上，
有一片我怀念的风景，
那里有我梦想的启航，
有我心灵的归宿。

在南方的河畔和田野间，
有一串我熟悉的旋律，
那是故乡的歌唱，
是亲情的呼唤。

在南方的天空和云彩下，
有一份我执着的信仰，
那是故乡的恩赐，
是生命的源泉。

故乡啊，我的南方故乡，
你是我心中永恒的歌谣，
你是我生命中不灭的火焰，
你是我灵魂中无尽的思念。

雾

夏昕

慢慢地，笼罩湖面，
一半波浪，一半忧伤，
枯叶片片的森林，
残雪沁润了干枯的枝丫。
嘀嗒，嘀嗒，雪霰扑向大地，
弹起的草茎与我轻声对话。
橙黄的路灯晕染了你的衣裳，
你晕染了我的目光。
你轻如羽的雾哟，
请悄悄地吻我脸颊，
将湿润的唇痕留下。
你神秘朦胧的雾哟，
请让我掀起你的面纱。

作者简介

夏昕　安徽宿州人。毕业于中国海洋大学，汉语言文学专业。曾多次获得校级诗词大赛奖项。目前为第十四师昆玉市大学生西部计划志愿者。

梦里出现了一位多年未见的故人

王宗祥

他一身布衣，
独自一人，
后来我翻过祁连山，
很少回去。

梦中，
飞鸟相还、太阳偏西，
一座在祁连山下的村庄，
被夜幕慢慢包裹，
一间灯火幽暗的房间里，
他正忙碌着，
用瓦罐子熬着浓香的茶，
陈旧的瓷缸子里，
摇摆着的深褐色茯茶叶沫里，
是他那破败的人生。

烟火繁华，
我再次漂泊在江湖，
此刻却无比想念，
还想喝上他曾许诺的一壶酒，

我想回到祁连，
也担心自己和他都有别样的想法，
是安抚？
还是思念……

作者简介

王宗祥 甘肃武威人，毕业于甘肃政法大学艺术学院。甘肃省美术家协会会员、甘肃敦煌中国画院院聘画家、甘肃省青年美术家协会理事、甘肃省新媒体艺术学会会员。2015 年参军入伍，曾服役于西藏军区某部。现为第十四师一牧场试用期公务员。

记住乡愁

祁生琴

飘过新时代的和泰新区，
我便是徜徉的烟火，
缭绕婀娜，
映出化于身形的乡愁。

穿过丰硕的红枣地，
我就是幸福的光芒，
熠熠生辉，
释放握在掌心的乡愁。

飞过坚冷的铁北轨道，
我便是昂扬的雄鹰，
目光炯炯，
透出伏在眼底的乡愁。

穿过冗长的昆玉河，
我就是自由的锦鲤，
粼粼微波，
泛起深藏于心的乡愁。

走过磅礴的文化馆，
我才是多情的墨客，
书香熏染，
激出卷于袖中的乡愁。

越过平阔的国道，
我岂是匆忙的路人，
回首望去，
那是我要记住的乡愁。

昆玉，见你如愿

祁生琴

你是层叠山峦里拥日而出的阳光，
给艰涩晦暗的大地洒上万平米的希望；
你是荆棘草丛里挺拔如竹的汉子，
在黄沙如烟的日子里挥膊驱走数万里的尘土；
你是浩瀚晴空里羽翼已丰的雄鹰，
从广袤平地一跃而起，
带着千万人的希冀展翅而翔。
你是昆玉，
是遥遥星河里如我们所愿的昆玉。

你是巍峨昆仑上沉落百年的皑皑积雪，
在恳切的呼唤里抖擞精神消融而下变出绿洲；

你是荒凉戈壁中茁壮成长的枣苗，
在无数次的滴灌中冲破命运的遏制结出硕果；
你是风情南疆里欣欣向荣的小城，
在昼长夜短的自然风光里渐入佳境春风化雨。

你是昆玉，
是茫茫戈壁中见你如愿的昆玉，
是淡淡乡愁萦绕心头令人难以忘怀的昆玉。

爷爷说

祁生琴

爷爷说，
还有半个小时呢，
到四十了再叫醒她。
于是，
我就在五点四十的那一刻从睡梦中酣然而醒，
小学六年的每一个清晨都是如此。

爷爷说，
周三中午我在学校门口等你，
请你下馆子。
于是，
我就在十二点的铁门外看到了那黑漆漆暖烘烘的背影，
初中三年的每一个周三中午都是如此。

爷爷说，
出去上大学吧，
那里有你没见过的世界。
于是，
我就在繁华的都市里读着爷爷写的关于村口那棵白杨树的信，
大学几年的每个月初都是如此。

爷爷说，
去新疆吧，
新闻里说那里需要大学生。
于是，
我就在哐啷作响的绿皮火车里穿越戈壁沙漠爱上了昆玉，
工作以来的五年都是如此。

爷爷说，
你要在新疆扎根，
我会去看你的。
于是，
我在清冷的网络视频里目送了爷爷的离开。

爷爷说，
他是我的乡愁，
村口的白杨树是我的乡愁，
如今已然扎根的昆玉也是我的乡愁。

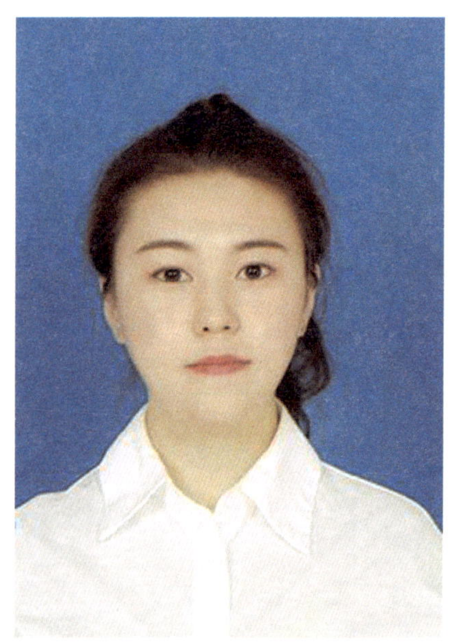

作者简介

祁生琴 出生于甘肃省天祝藏族自治县，现任第十四师昆玉市第一幼儿园教师。阅读与写作是工作之余的爱好，也是激励自己勇敢前行的特殊方式。所谓“见贤思齐焉，见不贤而内自省也”，这是一直以来的人生要求，也是对能够交到更多良友的美好希冀。

思乡归

杜苏娟

家乡的夜，
应该是很冷了。

雨水夹着雪花，
吹在脸上会感到生疼，
晚行的人，
蜷缩得像个小老头。

清晨，
屋檐上头定是袅袅青烟，
包裹着，
弥漫着，
整个村庄。

屋里头，
炉火烧得正旺。

旁院儿的老人询问：
“孩儿何时回家？”

那时，
一人盼一家，
一家盼一人。

作者简介

杜苏娟 汉族，出生于1995年3月9日，甘肃陇南人，现居新疆生产建设兵团第十四师昆玉市一牧场。一个90后文字爱好者，同时酷爱跳舞。所以“白天工作，天黑跳舞，深夜写诗”便为常态。

寻梦环游

于秀海

在夜幕降临之前，
跟随南飞的鸿雁；
在夕阳的目送下，
到达山的另一端。

矗立百年的鼓楼，
是远洋中的灯塔；
深夜过往的船只，
载我去梦的彼岸。

高山上的古寺，
有虔诚的信徒祈福；
在奔流的汾河里，
我愿做一叶扁舟。

那天上挂着的，
不是月，是寒宫；
协同山间的晚风，
要把流浪的人冰冻。

回忆，在城市中怀念；
游荡，迷失在山林之间；
草木同我共舞，鸟兽伴我入眠；
午夜，风吹过一遍又一遍。

向山的更高处寻觅，
朝夜的更深处窥探；
山鸟也为我哀鸣，
蔓延在整个鄂山。

在黎明将到来之前，
同北归的候鸟折返；
山林打湿我的衣裳，
露水挂满我的眉眼。

作者简介

于秀海 汉族，26岁，安徽亳州人，2020年6月毕业于湖南湘潭大学，同年10月进疆，现任职于第十四师昆玉市224团经济发展办公室。

于疆行

王鸿翔

这即将来临的新年啊，
我不得不迎，
大漠覆了白雪，
我似乎也行上了这万里的路，
在远方待我归行的亲人，
请不必为我忧心，
山河壮阔，
每次抵达都是我的累累硕果。

记于2023年1月15日

作者简介

王鸿翔　笔名琦怪，1999年生于山西晋中平遥。2022年参加西部计划志愿者，现服务于第十四师昆玉市文联。

中秋夜

王满飞

今夜，
从办公室归去，
树木安静。

中秋之夜，
没有一个行人，
街道上空空。

他们在灯火的高楼上看月亮，
我在月下的人行道上看灯火，
今夜，
风景并不相同。

在高楼的眼中，
月光铺满的路上，
只有我一个人走过。

秋雨

王满飞

一场雨，
已经下得很轻，
好像一张纸要被锋利的笔划破，
滴落在衣衫上的，
仿佛只是灰尘。

一个人，
戴着兜帽，
远远的只有他没有打伞，
和这秋雨，
产生了短暂的融和。

秋天已经无处可藏，
一片枯黄树叶为另一片枯黄的树叶打着伞，
雨流成树的眼泪，
北风掀起树叶，
就滚落到他的身上。

他秋雨般细密的脚步，
已经走进小区的门口，
然后缓缓地脱下兜帽，

仿佛一只信鸽回巢，
他闲庭信步迈上单元楼的阶梯。

最后的合欢花

王满飞

今夜，
最后的合欢花在风中摇摆，
它用了一整个夏天，
把花絮落完，
而我，
用了整整三年，
仍没有忘掉故乡。

花开的时候，
月光躺在她的脸上，
深夜归途在暗香中浮动，
寂静因为脚步而更加寂静，
不要再打扰关闭的门窗，
远行人只有此刻是自己的，
可以独自赏花。

一树的合欢花如火焰烧成灰烬，
秋天在白露中眼含泪水，
故乡很远的原因，

可能和离别太久有关，
但合欢花凋谢的原因，
至今没有找到，
是不是它也在等一个时节，
就着急回家。

应该等不到中秋，
最后的合欢花就会落尽，
透过夜晚的树枝，
我看不见花，
只能看见月亮。

一缕烟火

王满飞

不能有烟火，
在离家很远的地方，
乡愁已经太多。

烟火会成为一根引线，
故乡的炊烟就是这样，
袅袅升起。

母亲的锅勺交响，
会从烟火中出来，
听起来就像在叫人回家。

烟火里，
故乡的味道，
在肠胃中生长。

肚子咕咕地响，
一缕乡愁，
在烟火里生长。

我能不能回去已经不再重要，
因为母亲，
早已不在故乡。

行道树叶

王满飞

秋天伸出一张模糊的脸，
从夏天的镜子上出现，
朱颜哀愁，
也适用于季节的逝去，
一片叶子上有了年轮。

北边的风吹来，
它的树叶哗哗地响，
我心上的泥土哗哗地落，

我确信，
那阵风吹进了我的心里。

从塔克拉玛干的沙子里经过，
带着大漠馈赠的空旷，
每一个树叶，
拿沙子冲洗皮肤，
用背着泥土的那一面面朝阳光。

行道树没有秋天，
像每一个老去的人，
听不见所有灵柩前的哭声，
凋落的树叶，
跑到了行人脚下。

树叶嘎吱地响，
故乡的黄豆在牙齿上碎开，
从行道树下走过，
每踩过一片树叶，
都好像离母亲又近了一步。

但我不愿意那棵梧桐凋零，
它的树叶一旦落完，
以后就再也没有人，
与我分享，
塔克拉玛干吹来的风。

你在远方

王满飞

你在远方，
很多的话都听不见，
夜晚把群星悬挂，
带着秘密的地图上有字，
你要抬头。

塔克拉玛干又酿了酒，
它请这座边疆的小城饱饮风沙，
在树上枣子的皱纹里，
苦涩的沙子包裹，
甜和厚的果肉。

你在远方，
雨水会浇灌情绪的杂草，
一片土地会被占领，
秋天如果没有果实，
春天就会遥远。

我知道不该说话，
你在远方，
话语只会增加故乡的重量，

时间已经将那根负担的线，
变得越来越薄。

你在远方，
故乡的山峁上应该有足够的空间，
扯着嗓子唱信天游，
但你不能让我听到，
我今年还不能回家。

在一个下午

王满飞

在一个下午，
阳光比风要多，
桌子空白的纸上没有字迹，
茶叶和白开水还没有，
在一个杯子里相聚。

他的目光频频向窗外看去，
夕阳蜕变的外壳，
和冬天变冷的过程，
没有人知道，
他已经撕碎了好几张纸。

在这个下午，
父亲又发了信息，
问他的归期，
说老家已经炸好了油糕，
爷爷奶奶都在等。

他拿起手机，
又看了一遍屏幕，
好几个通知提醒盖住了父亲的话，
他拿起笔列出材料提纲，
假装还没有看见。

昆玉之爱

王满飞

从来没有到过，
清明不下雨的城市，
从党校往西，
公园里绿色的树还在行走的路途上。
第一枝桃花，
迎着塔克拉玛干的沙子开放，
春天，
早于大雁的到来。
透过窗户，
又看见柳枝上生长出游子的归来，

东风迫不及待地，
扑进了少年的胸怀。
这里是边疆，
昆仑山的脚下，
塔克拉玛干的身旁，
兵团人屯垦戍边的地方，
这里是，
二二四团和远方青年的初次见面。

从来没有在手心里捧着，
昆仑山的玉石，
去衷情那些华丽的容颜，
站在八连的高处，
左边是沙海，
右边是天柱，
脚下是一片绿油油、红彤彤的枣林，
在每一棵树下，
都有汗水写的故事。
从戈壁和沙漠里，
生长出一座园林的城市，
二十岁的少年，
把另一个自己筑进了地基，
在远方青年再次到达的时候，
老照片仿佛讲了一个科幻的故事，
陈列室里摆着又一代兵团人的倾诉。

仿佛是在一夜之间，
从办公室的灯火里醒来，
昆玉湖的碧波上，
荡漾着昆仑山的雪融水，
一条条石子路边，
镶嵌上青翠的小灌木，
一只水鸟飞进了柳树的深处，
汉白玉的桥栏旁走过了，
牵着手的儿童，
蓝色的天空上，
没有一丝塔克拉玛干的沙子，
清澈的爱，
在这座小城的心中，
远方的青年已经留下，
当再一年南疆三月到来的时候，
故乡的东风跨过山海，
和远方的青年，
相遇在昆玉的烟柳里。

秋收记忆

王满飞

被故乡种在泥土里，
已经发芽的树，
思念的枝丫刚刚柔软鹅黄。

羊群放出圈舍，
去饮水的地点集合。
镰刀逐个和排好队的玉米见面，
收获可以让一把刀，
从锋利变迟钝。
母亲习惯用井水烧锅，
水里开花的土豆，
把小米煮成和它一样的颜色，
弟弟埋头吃的时候，
顾不上搭话，
但我只喜欢腌的碎菜，
酸或者咸，
可以搭配，
母亲手里任何的饭。

上元节

王满飞

上元节，
灯会上很多的灯，
许多人看过它们，
恋人，家人，友人，
只有我，
是一个人。

作为一个观者，
孤独是必修课的一种，
万千灯火里，
看热闹的人群应当有客观的那一个，
觥筹交错后，
所有醉了的酒客也需要清醒的扶持者。

上元节，
我在办公楼里看灯火，
人群在灯火间奔流，
我已经看到那盏她做的灯，
被人高高地擎举起，
然后消失在灯火里。

清明

王满飞

我听见故乡的雨，
在母亲的碑前哭泣，
有一枝野花，
努力在试探苞蕾，
杂草在墓地的四周生长，
它们陪伴母亲，
多过我经年的悼祭。

在这一天，
我不敢向任何人提起
我的母亲，
我也不敢问弟弟，
有没有上山烧纸，
山上的风总是会捎话，
我在边疆也听到了。

在那座山上可以看见故乡的小河，
庄户人种到半山的小米，
果园根据阳光的分量开花，
我都知道，
在母亲的碑前，
有一个应该出现的人，
很久没有出现了。

春节

王满飞

夜空有一点拥挤，
幸好烟花是短暂的，
除夕应该有一夜不灭的灯，
有人已经提前问候，
那些文本被互相搬运。

这座城市，
有很多和我一样的人，
故乡在朋友圈和电话里头，
有的人喝了酒已经醉了，
有的人还在忙着制作祝福。

我知道我们是一样的人，
都被思念淬炼了筋骨，
我知道父亲不会发祝福，
他只会再问一次，
回家的日子定了没有。

今夜

王满飞

有风从窗口吹过，
树叶喧哗的声音，
月光和星辰的私语，
听得有些朦胧。

你在故乡睡了没有，
钟表吵醒后，
有没有再翻看我
空旷的朋友圈，只有一张背景图。

今夜不用说话，
辗转的方式已经足够，
把失眠的原因归咎于一杯茶，
茶叶从紫阳的小镇上寄出。

今夜，
昆玉什么都没有，
我已经喝光了茶叶，
又给你寄去了红枣和干杏。

冬天和最后一片树叶告别

王满飞

每个人都买票了，
归期在日历上一个个划掉，
树寄走的最后一片树叶，
在叶子的背上，
印戳已经失效。

北风掌管了邮政，
不肯再多送一步，
冬天的到达需要个人去领悟，
羽绒和皮毛都是恰当的，
一炉火也是恰当的。

雪迟迟不下，
我想它一定是迟到了，
还没有想好解释的理由，
在云朵上徘徊着，
和太阳密谋了许久。

不能再离去了，
朝她挥了手，她就会走，
这座城市已经没有
熟悉的朋友了，
冬天已经和最后一片树叶告别。

夕阳可以不看身后，
你也可以不看我，
列车驶出昆玉，
夜色中，
只留群星在山头。

母亲的盼

王满飞

母亲，
是住在故乡，
还是住在心头？
这是每一个游子都知道的答案。

桃花开放的时候，
会想到她，
风筝飞的时候，
会想到她，
秋天来的时候，
也会想到她，
母亲，
在人生角落的每一处记忆中，
最甜蜜，
又最忧伤。

母亲温热的手掌，
曾经抚平心中的褶皱，
母亲辛勤的背影，
也曾换来香甜的生活，
母亲坚毅的脚步，
带着我走过所有童年时的沟坎，
母亲没有流过眼泪，
只是怕我看到。

母亲
唤着我的乳名时，
会不自觉地带着笑容，
母亲
会记得我的每一次远行，
母亲

在我归来的前夜又失眠在梦中，
母亲
会是我每一缕思念的栖息处。

而今天，
母亲
有没有盼我
早归去？

桥

黄露

淙淙流水柳絮飞，
半日闲又半日勤.
乱花渐渐迷离，
石桥，
显得更加身躯斑驳，老态龙钟；
写满了岁月的沧桑，
也藏满了童年的秘密和过往。

听！
是什么声音惊动了桥边的云？
卷起最后的一缕阳光，
向天际散去。
是桥这边的嬉笑，
是桥那边的忙碌和辛劳，
是桥上来来往往的生活，
是桥头眺望着丰收。

一串串脚印，
一个个身影，
一次次的月落和霞光，
朦胧中的石桥美成了一幅画，
那是我梦里无数次的牵挂。
夕阳西下，
小桥、流水和家乡的爸爸妈妈。

作者简介

黄露 2011年毕业于山东烟台职业学院新闻采编与制作专业，现负责新疆生产建设兵团第十四师昆玉市二二四团幼儿园党建业务及幼儿园支部宣传委员工作，在中国幼教网、中国学前教育网及师级网站、报刊发表稿件80多篇。曾获2019年屯垦报有奖征文三等奖、二二四团征文比赛二等奖、第十四师昆玉市“优秀教师”“优秀教育工作者”称号，部分作品发表于第十四师昆玉市文学丛书《昆玉情》及《乡愁》系列。

散
文

他乡遇故人

王党飞

有时候，记忆竟然那样的难以丈量。如果没有那张写着陕西师范大学的毕业证，我似乎都觉得从没有经过你的身旁。翻了无数遍的书柜，连一张像样儿的照片都找不到。可是在梦中，总有一些熟悉的面孔把我唤醒。在郁郁葱葱的畅志苑，在古色古香的图书馆，在白雪皑皑的新区操场，一些身影随风飘荡。梦里，婆娑的脚步声，像风吹过了银杏的肩膀。我的心，跳跃着，想去依偎，收获的却总是梦醒的凄凉。

毕业已经那么遥远，遥远不是因为距离，而是岁月把心都哄睡着了。偶尔，与同事闲聊，发现自己曾经也到过一个地方。那个地方，雁塔晨钟，曲江流饮，雾蔓草堂。然后，我的心又回到了茫茫的戈壁里，幸福，逃避，惆怅。回到与妻儿构成的王国里繁忙。我的教室，我的讲堂，我的国度，我就是这里的王。时间太长，竟忘记了小王子的天堂也不过三尺。竟忘了从前，还有一段记忆。一晃，竟已十年。匆匆，就遗忘了那些久违的芬芳。遇见你的那一刻，我想，时间都去哪了？那梦里的光芒，比你年轻了万丈。才恍然，如是神伤。

其实，回想从前，相处四年，与你，也只有两语三言。如你所述，那时的我们，都像糨糊，迷迷瞪瞪过了四个秋冬。不懂得珍惜岁月，更不懂得把握真情。那时候，总觉得，遗憾的故事，只会发生在周星驰的电影里。“曾经有一段真挚的爱情摆在我的面前，我没有珍惜……”

这些朗朗上口的台词，用在演讲中，只是为了博得他人的喝彩，并没有点缀过我们的心灵。那时候，不觉得身边的人能有真挚的友谊。那时候，不会觉得会有谁值得今生怀念。在最美好的季节里，七个少男遇上了二八少女，一起挤进桃李园，又一起逃出田家炳，竟然没来得及说声，嗨，你好。为了一卷卫生纸，踩碎了室友的饭缸。为了睡个痛快，忽视了青林的课堂。也为了一次瞎逛，放弃了海波的身旁。也为了齐达内，丢掉了成绩的排名榜。就这样，还觉得自己活得不够舒畅，胡乱写的诗，贴满了 247 舍的墙。哪曾想，时间不经意就把我们推向了远方。卷走毕业的行囊，也没有回头看看遗落在墙角的架子床。

十年前，潇洒地甩了甩手，就把师大丢在了脑后，好像怕那红色的校徽烘干了胸膛。一颗游荡的心，苍老到需要靠岸时，才发现，需要一个宽阔的肩膀。于是，总在夜深人静的时候，偷偷地躲在网上，翻一翻那时的照片，一张接着一张。

再回首，海角天涯，兄弟姐妹，各趋一方。前些日，十年聚会，去的人十之四五，参加的人和没有参加的人，都说，忙！有时候，忙，就是一种幻象。而你我，一茬儿一茬儿地被岁月收割了记忆，在这幻象中，我们丢掉了曾经灿烂的过往。

今天，遇见了你。下一碗臊子面，还你个喜气洋洋。花一晌午时间做准备，只为了看你十分钟欢乐的笑颜。烹饪的意义，绝不在于享受操作的过程，而是为了等某个人来品尝。就像写一篇文章，写作的过程也许艰涩异常，这是为了能把阅读的人放在心上。没有阅读的人，一切文本都是孤芳自赏。一碟菜，一张脸，一篇文章。没有烘焙，没有品尝，没有欣赏，一堆佐料，最是恓惶。这个时候，唯有一碗红透的臊子面，方能安抚离别的忧伤。

故人，来自很久的远方，卷一身尘土，带一缕晨光。聊一聊既往，逛一逛他乡。四年发酵，十年酝酿。叙旧是一坛好酒，只道是萍水相逢，不承想醉满花香。追忆，竟然也能如此美好。看窗前，一只蚂蚁遇见了彩虹糖。

昨夜，我在梦里，与佛端坐了一宿。今天，就遇见你。我方才找一些词儿，写这么一段文章。从此，我在心中，添加了你。明天就多了份牵挂在远方。

人应该做一个有温度的虫子，要让心常在一起滚动，才能保存彼此的温良。

天冷了，多加件衣裳。

王二

2014 年 10 月 29 日

2023 年 11 月 1 日修改

那一抹淡淡的乡愁

陈云光

石塘，既是温岭的海滨城镇，也是全国著名的鱼米之乡，更是中国大陆新千年第一缕曙光的首照地。作为一个现代人，过分依恋自己的老家（石塘），会让人觉得不可思议。但是，每当看到“曙光首照地，东方好望角”这句旅游宣传标语时，便油然而生一种亲切感！因为，它让我从不经意间勾起了对老家的思念之情，以至于心头始终萦绕着“那一抹无法抹去的淡淡乡愁”，逐渐变得浓烈，进而越发缠绵。

常言说得好：“船大不由橹，儿大不由父！”二十多年前，我便离开了老家，只身来到了城关求学。高中学习期间，由于学校和老家相距甚远，不但要倒好几趟车，而且印象最为深刻的便是还要坐轮渡再步行方可到家，因此我基本上也就半月“返乡”一次甚至遇放长假才欣然回家，大部分时间都留宿学校或者暂居城关亲戚家里。读完高中三年，又远赴杭城读大学，回家的次数更是屈指可数，顶多也就逢年过节会返乡与亲友团聚。待到毕业之后，更是将满腔热忱倾注于工学之中，把更多的时间和精力留给了自我奋斗，每次回家也都因着非回不可的原因才说动自己“无奈”前往。

说起老家，尽管很少回去，但心底对老家的这份思念却有增无减，对老家的这份情愫亦丝毫未变。套用著名诗人余光中在《乡愁》一文中的名句格式，便是：“我在岸上这头，老家就在对岸那头”！打开思绪的闸门，穿梭在记忆的时空隧道中，老家的一切尽被珍藏于心之角落。的确，我的童年时光也都是在老家度过的。那时候，没有丰富的物质生活和精神生活，但我们同样充满快乐。在我的童年记忆里，老家的前前后后都有不少很好的去处和蛮多有趣的事情。彼时，我们可以钓螃蟹、捡贝壳、捉海螺、烤番薯、弹弹珠、滚铁环、掏鸟窝、看电影、捉迷藏、打纸牌等。我们熟悉老家的每一个角落，尝过老家每一种海鲜的味道，见过老家涨退潮时海水的不同变化，看过远近乡亲的不同面孔。至今，不免感叹老家的童年是多么美好而又多么愉快，时时想起，暖意浓浓。

不知为何，像我这样仅是年近不惑，一般不会拥有如此强烈的思乡之情，不过“另类的我”偏有这份看似最为普通不过但又弥足珍贵的老家情结。我想，唯有两种情感能够诠释心生淡淡乡愁的真正原因，一是亲情，二是乡情。在现今这个物欲横流的社会，很多时候，我们渐渐地忘记了骨子里所含有的宝贵之物。但是，随着年岁的增长、工作的稳定、家庭的建立，尤其有了自己的小

孩之后，我明显感到自己正一天天变得“传统”起来。因为不管是在波澜不惊的岁月中，还是在忙碌奔波的日子里，我也明白了许多人生的道理。我知道这世上有很多东西是不会随着时光的推移而改变的，譬如这家乡的情、亲友的爱，还有童年时代所留下的美好过往！

思乡情绪，我也说不清楚何时萌发，只知常回家看看的意识逐渐变得浓重。一个小长假，我曾经趁着探亲之机转遍了老家的门前屋后、海岛码头。我晨看山岚，暮观雾霭，仿佛一个即将远行的游子，要把故乡的所有景物装入心中。可有谁真正能够理解在一个人的内心深处，有许多东西是无法抹去的。而老家的影子就如一轮明月，你到了哪里，它也跟到了哪里，可谓时刻伴在你的左右，与你形影不离，且又如胶似漆。

依稀记得，曾有一次接到“家报”，被告知外婆病危，这自然成了我内心的牵挂。因为孩提时代的我，由于父母要忙着出海讨生活，便从小就寄宿在外婆家里。外公外婆给了我无微不至的关爱和费心劳力的照顾，为我的上学接送和一日三餐没少操心。所以，打小我就跟外公外婆结下了深厚的感情，也一直盼着长大后能够多多孝敬他们，以表自己对他们的感激之情。周末一到，我便赶赴医院，看望这位慈祥有爱的长者。尽管躺在医院的病床上，可外婆稍有好转后，说得最多的仍是那句“有空了要经常回老家看看”，记得带上她的外曾孙（也就是我的小孩）一同回去，然后还念念不忘地说要煮好吃的东西给我们补补身子。同时，还如数家珍似地讲了一大堆老家的变化，岛上有了沿江马路，村部有了活动中心，轮渡有了特定船夫，农产有了喜人丰收……一下子勾起了我想要回家看看的冲动，也想再次去切身感悟亲情的无比可贵和实地感受老家的喜人变化。

“常回家看看”！那是多么简单却是那样深情的呼唤，带着那份

回乡的渴望，带着按捺不住的依恋，再回到那片熟悉的土地，并和着“朝花夕拾杯中酒，寂寞的我在风雨之后，时光的背影如此悠悠，往日的岁月又上心头”的动人节拍，唱出离乡孩子心中的悲喜，心中的思念，心中的牵挂，心中的愿景。

水有源，树有根，谁能没有老家。不管是谁，千万不要因为走得太久，而忘记了我们为什么出发，就让这份淡淡的乡愁伴随着我们走好人生的每一步，奋力去奏出乡愁该有的时代最强音！

作者简介

陈云光　浙江台州人，中国教育学会会员。有数篇时评及其他类型文章被当地媒体刊录，还有数篇独撰或主笔文章获奖。不善文笔，然会动笔记录些人生感悟或生活点滴！

那一地拾不起的乡愁

毛正宏

时常在梦中走进生活过的村子，村子里的人和事既陌生又熟悉，总给人一种亲切感。醒来，才发现那是一地拾不起的乡愁。

一条河说断就断了。

生活的村子边有一条无名的小河日夜流淌，河水欢快的歌声在村子回响，成为了美好的记忆。

那时，村子里的人在小河里洗衣淘米，游泳击水，河水清澈，友好。该灌溉的时候，李四就和村里人把水车架在河边，河水就很听话地改变了流向，缓缓流进稻田，滋养着村子里肥沃的土地。我和一群小伙伴还在河里捞些小鱼小虾，小河奉献出的美味，令人回味。那时的河水是温柔的，像楚楚动人的恋人，我们都愿意亲近它。

河水也有暴躁的时候，洪水时节，像一头猛兽，裹挟着村里的庄稼和牲口，嘶喊着不停冲撞河岸，狂奔着冲出村子，冲向远方。这时，我们躲得远远的，不敢招惹它。这条河究竟流到哪里，村里人没有见过，他们总是用手一指，那是很远的地方。冯五一直想弄清河水的去向，一天夜里，背上行囊，悄悄溜出村子，沿着这条河拼命追逐，先追到了金沙江口，又追到了三峡，一直追到了黄浦江口，并在那里安了家，再也没有回来。

慢慢的，河水像是被岁月拐走了，小河变小了，窄了，像一条柔弱的飘带，无力地镶嵌在村子边。渐渐的，小河像是病了，声音变得嘶哑了，身体也变得更细了，细若游丝，几乎能被一阵风吹断。

一条河说断就断了，河里暴露出的石头，是河坚硬的骨头，令人伤感；一条河说断就断了，裸露的身躯，是大地的伤疤，让人心生悯恻。

温暖的草垛

毛正宏

读《平凡的世界》时常想起那个画面，皓月当空，繁星闪烁，孙少平擎着一盏油灯在草垛上读着《钢铁是怎样炼成的》，画面温馨而充满诱惑。多年前，我也有过孙少平的经历。擎着油灯，躺在柔软温暖的草垛上，翻看着小人书。四野只有虫鸣，因看得入迷，油灯的火星溅在草垛上，星星之火点燃了干燥的稻草，迅速蔓延，整个草垛燃烧起来，火光冲天，照亮整个村庄的天空。那年冬天，村里的两条黄牛饿死在牛棚。这是我在村里闯过的大祸。

村里有垒草垛的习惯，麦子或水稻收割后，麦秆和稻草一捆捆捆好，在晒场上一捆捆垒起来，作为来年牲口的口粮或家里的燃料。垒好的草垛就像一朵朵蘑菇开放在田地里，甚是壮观，昭示着村子的丰收和富足。垒草垛是个技术活，村里九爷就是个垒草垛的好手，垒好的草垛像一件艺术品，不易塌陷，也不易受潮腐烂，要是能申请非遗，九爷准能成为垒草垛的传承人。草垛是孩子们嬉戏的场所，也是村子里牲畜的好去处。时常能在草垛下捡到鸡蛋、鸭蛋，鸟儿也爱在草垛上筑巢，我还在草垛下捡到一窝小野兔，眼睛紧闭，毛色金黄，肥硕喜人。

看由莫言短篇小说《白狗秋千架》改编的电影《暖》，秋收过后，晒场边垒起一个一个草垛，暖和她的心上人在晒场上荡秋千，要荡上天，像小鸟一样自由的飞了起来，但刹那间秋千绳断裂，暖狠狠地掉在晒坝远处，摔折了腿，最后嫁给了一个赶鸭子的哑巴。我想，暖当时要是掉在温暖柔软的草垛上就好了，命运就是另外一番模样了。

我时常想，一个草垛可以改变一个人的命运……

叫醒一棵树

毛正宏

种子一旦被罚站，便成了一棵树。一棵黄桷树，站在村口很多年，见证了村子的变迁。春天枝繁叶茂，冬日一地金黄，村子里最年长的九爷也说不出树的年龄。我从记事起放学了就在树下写作业，和伙伴们嬉闹，黄桷树成为了我们的乐园。村子里的新闻都是从大树下传出的。树上挂着一口大钟，村里要召集开会了，我们总争先恐后去擂响那口钟，声音洪亮，响彻整个村子。村里大事小情，都在树下商量解决，大树是一个威严公正的老人。

黄昏，金色的余晖洒落村子。几只小鸟飞来，围着大树叽叽喳喳，盘算着树的年龄，算了又算，争论不休，一会儿又忽上忽下，忽高忽低，测量着树的高度，量了又量。一年，连续数日的高温无雨，树下的老井干枯了，土地皲裂了。烈日当头，黄桷树茂密的枝叶也慢慢变黄干枯，它仍强忍着疼痛为树下乘凉的老人遮阳蔽日，为村里人打听着从远方传来的消息。

来年的春天，几只鸟儿又飞来了，站在光秃的树上，像树的花朵，孤独地怒放在枝头。小鸟的叫声在村子里此起彼伏，传遍村庄，也没

能叫醒这棵树。大树像位垂暮的老人，巨大的身躯安详地躺倒在了村口。

村里的老人说，一棵树的消亡就是一个人的消亡。

坚毅的守村人

毛正宏

村子里的人就像候鸟一样，奔波迁移于村庄和城市之间，有的走出村庄不再回来，留下破旧的记忆和一些年迈的守村人。

村里的望天，就是我们村为数不多的几个守村人之一。望天的真实名字叫什么，村里没有一个人知道，也没有必要知道。望天从哪里来，村里也没有一个人知道。我们只知道他在村里已经住了三十多年。村头那间残破的土屋就是他的家。望天没有田，也没有土地，他靠着一身力气帮着村里人收割或播种，在村里混了三十多年的饭吃。村里出去的人多了，每到收获或播种的季节，似乎望天存在的价值就突然显现出来了。

在这个麦收季节，是望天最忙的时候。刚进村口，我就看见深色的衣衫，深色的脸，低垂的眼睛，躬腰在地里匆忙劳作的望天。我叫住了他，我说停下来抽口烟吧。他望天直摇头，说时间来不及了。又抬头望了望眼前大片的麦浪说，还有十几家的麦子等着收呢，雨一来待在地里的麦子就会发芽，大半年的辛劳就算白忙乎了。

走在村庄的路上，骄阳辛辣，在大片大片的麦地里，随处可以看到许多和望天一样衣若悬鹑，破帽遮阳，面庞黝黑，低垂着脸，熟练地挥舞着手中锋利的镰刀，默默收割的守村人。看到这幅场景，我看到了置身于高楼大厦难以体会的另一面，看到了一种顽强的生存力量，一种刚毅与坚强。

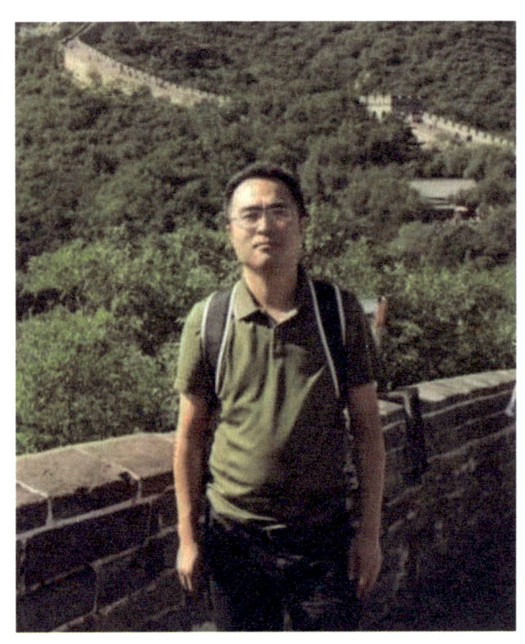

作者简介

毛正宏 1973年9月出生，四川作家协会会员，中国金融作家协会会员，1994年开始文学创作，有多篇作品发表于《喜剧世界》《四川日报》等报刊，多篇文章获奖，现供职于建行自贡分行。

一块儿五仁月饼

党利娟

在秋高气爽里迎接一年一度的中秋节，下班后便和朋友一起去超市买些月饼，和朋友在选月饼时，自己竟突然说要买些五仁月饼。五仁月饼，仿佛让自己想起了什么。

记忆中的五仁月饼外面裹着香酥的酥皮，里面是有青丝、红丝、花生、芝麻、冰糖，圆圆的，个头超过自己的脸庞，掰上一小块放进嘴巴，感受甜蜜在味蕾上的跳跃，那是一种无法超越的幸福。

渐渐的，因为上学，近十年的中秋都是和同学一起在学校度过，慢慢的不再喜欢五仁月饼，也许因为它的饼皮太甜腻，也许因为里面的馅料更改了，仿佛它就应该被停留在记忆中，转而开始喜欢各种口味的月饼，凤梨酥、玫瑰鲜花月饼、蛋黄月饼等的诱惑远超五仁月饼。

偶然间和朋友聊起回家的话题，虽然从高中就开始离开家读书，但那时对于寒暑假回家不会特别激动，也许是因为那时宿舍中都还有其他的小伙伴一起，总是可以一群人共同过节，也许因为觉得在学校可以更好地学习，家的概念似乎有些模糊。大学时，因为中秋、国庆、古尔邦节连休的机缘回了家，和家人一起过中秋，原来故乡月是不一样的，原来刚从树上摘下的冬枣是那样的酥甜。从此对回家有了不一样的渴望。

小时候在写到“我的妈妈”类似的作文时，我们总是不厌其烦地写妈妈不辞辛苦地照顾生病的自己，久了大家对此都不再感动，仿佛那就是妈妈要做的事情般。前段时间因为生病，在从诊所打完针回到家时，坐在这间精致而冰冷房子的客厅，眼泪没出息的在打转，没有缘由，也说不清哪里不舒服，房间中最喜欢的绿植也不再似往日那般鲜活，只有无限的压抑弥漫在房间里，而他乡所有的孤独、挫败感在和妈妈视频的瞬间破防了，在视频的这边哭泣的没有方向。

要去怎样形容归属感呢？也许是内心被充满，不是在下班后回到房子，望着空荡整齐的房子，独自想念妈妈蒸的各种菜、早晨煎的香酥的蛋饼，想念爸爸炖的羊汤、凉拌的酸度刚刚好的小菜，想念九月的红枣被蒸熟的沙甜，想念连队里家门口的菜园……

偶尔会想去这里的早市去闲逛，市场上没有超市里悦耳的音乐，有的是没有规律的嘈杂，东边大叔的叫卖，或西边大婶的讲价，没有超市里商品的琳琅满目，有的是菜农或果农摆在地上的蔬菜或果子。在菜市场，你不用那么精致，你可能会遇到说着不标准国语的维吾尔大叔在处理自己的玉米，你也可能会遇到因为着急回家和家人一起过节，免费送你小西瓜的大叔，他是因为开心吧。早市上那是一群人在为家里的一桌饭食在狂欢。

有人说，我们对家人的思念总是寄托在不同的美食上，就像孩子喜欢吃的糯玉米、妻子喜欢吃的西梅，还有爸妈喜欢吃的那一块儿五仁月饼。今年的中秋，你会和谁共食五仁月饼，相望一轮月呢?

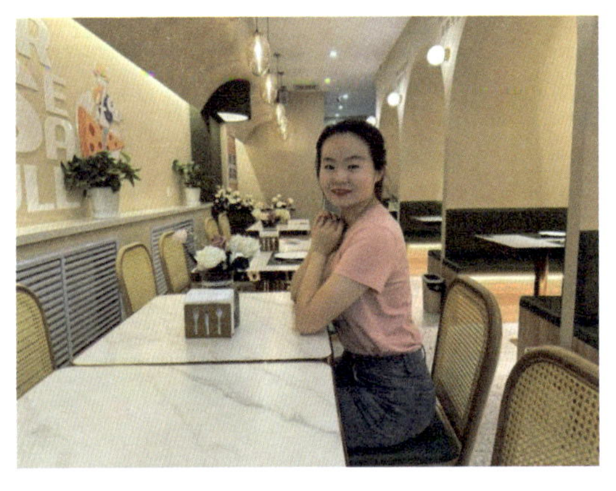

作者简介

党利娟　汉族，2020年毕业于新疆师范大学，硕士研究生，研究方向：中国语言文学，现就职于新疆政法学院。

等一场雪

陈海燕

黄沙在这里起舞，狂风在这里肆虐，一段又一段文明在这里被吞噬，时间于它似乎是永恒的静止……这就是茫茫塔克拉玛干沙漠，一个被称为“死亡之海”的地方。

皮山农场牢牢镶嵌在塔克拉玛干沙漠边缘，守护在十四师昆玉市辖区最西端。

跟着我，从沙漠公路进入，去看看皮山农场吧。

塔克拉玛干沙漠公路并非一条单线的公路，而是由四条支线组成，且已建设完成，是世界上在流动沙漠中修建的最长公路。一代代建设者们在“死亡之海”中克服流动沙漠的风沙、长距离的材料运输以及无水、无电、无信号的恶劣施工环境，人工“栽种草方格”阻挡流沙侵袭，用智慧和双手改造着塔克拉玛干沙漠，在“死亡之海”中创造着人间奇迹。从1995年至2022年这27年，是我们国家快速发展的27年，也是我们国家、建设者们不断征服塔克拉玛干沙漠的27年。这种精神，撼天动地！

这段从昆玉市到皮山农场的沙漠公路，大约100公里的路程。当你真正进入沙漠公路，那是怎样的一幅景象啊！一条公路望不到头，似乎直通天际，沙漠就在你的身边，就在你的脚下，你就像一叶孤舟，飘荡在传说中的“死亡之海”里……

从这里，你可见皮山农场人定胜天的传奇：自1955年以来，农场人牢记、传承“沙海老兵精神”，并在老兵精神、胡杨精神、兵团精神的感染、感召下，沿袭老兵意志，用生命、鲜血和汗水，硬生生地在“死亡之海”边缘建立了一个军垦新城。

从这里，可见皮山农场筚路蓝缕的薪火传承：代代农场人与塔克拉玛干的气候、风沙、干旱进行着殊死较量，让沙漠改天换地，让沙漠披上绿装。农场艰辛的建设历程，近 70 年的历史演变，是皮山农场的历史演变，是风雨兼程、筚路蓝缕，是撼天动地、无私伟大的屯垦伟业，是众志成城凝聚成一种精神和力量，它用沙漠特有的环境润养万物。

今天的皮山农场，皮山农场的冬，是一年中最好的季节，无风，亦无沙。

扬扬洒洒了 240 天左右的风沙，老天似乎也乏了、无趣了，又或许知道自己有多讨人嫌，不知悄悄躲去了哪里。一整个冬天，农场的天空都碧空如洗、蔚蓝清澈，让人的心都充满了无端的欢喜。走在上下班的路上，我会不时地抬头仰望，澄碧的天空，莹白的流云，啾啾的鸟鸣，让我的心境越发沉静、辽阔，也总会引起我的无限情思与遐想。

农场雨水稀少，雪就更少了，让从小看惯了北疆寒冬“千里冰封，万里雪飘”的我，心里很有些小遗憾。在这里的两年，没有再穿过又厚又长的羽绒服，也没有再穿过棉皮鞋，最低不过零下十几度的天气，对于久经零下三四十度“考验”的我而言，实在是再舒适不过的“暖冬”。也听不少人说过，如果在北疆享受绿树成荫、流水潺潺的夏天，来南疆度过天气微冷、天空湛蓝的冬天，不失为一个明智的选择。

可是，当故乡的冬天一次次雪花飘飞的时候，我一次次地盯着朋友圈看，想象着自己又会忙不迭地跑出门去，在雪地上到处走一走，看银装素裹、分外妖娆，听人烟俱静、万籁无声，任雪花轻轻落在脸上，落在睫毛上，捏个小雪人，画幅简笔画，开心地在雪地上打个滚儿……不在意 50 多岁的年纪依然像个不谙世事的小女孩，更不在意会不会被路人笑话，那一刻，天地是属于我的，快乐也是属于我的。

也会想象着，当“晚来天欲雪”时，我可能如往年一样，发出“能饮一杯无”的邀约。三五好友围坐一隅，吃着火锅，喝几口小酒，聊着陈年往事，说着时下的话题，“坐看果树变琼枝”，度过一个充满欢声笑语的午后或夜晚。

又或者，哪儿也不去，坐在温暖如春的斗室里，泡一杯清香绵醇茶，看几页好书，听几曲琴音，写一篇文字，在安适与静逸中，静静地检视自己的过往与内心，任思绪如那飘渺的茶雾，似浅唱，如私语，袅袅地融入心灵深处。

…………

这么想着的时候，渐渐有一些隐隐的落寞与感伤，轻轻浮上来，在心头缓缓萦绕。我会找一个无人的角落，静静坐下来，用手机单曲循环《雪落下的声音》的伴奏曲，一遍又一遍，把对故乡、对亲人无尽的思念，寄托在这支曲子婉转的旋律里。

俗话说“瑞雪兆丰年”。北疆的雪要到来年三四月份才能完全融化，丰富的降水资源给农业生产和农作物生长创造了得天独厚的自然条件。积雪慢慢融化时，上年秋季种下的冬麦，绿油油的冒出头来，那一眼望不到的头的满原绿色，是万树无叶的苍茫大地最美的景色。

然而，十四师的雪、皮山农场的雪，即使千呼万唤飘落下来，还不待“白茫茫大地真干净”，很快就融化了，对极度干旱缺水的土地而言，就显得弥足珍贵。

因为缺水，农作物需要大量上水的时候，水跟不上，影响其生长，对产量、收成和职工群众的“钱袋子”会造成很大的不利影响；

因为缺水，树木不能像北疆那样大水漫灌，只能用滴灌带隔三差五地滴一阵浇一下，本应绿油油的树叶，总感觉绿中带黄，不够水灵；

因为缺水，改造干旱、大风、沙尘暴气候，征服“死亡之海”，

守护祖国边陲，就更加困难重重！

这个城市的雪来得迟些
将我的等待拉得好长
蝉翼般的雪
从空中飘落
一袭洁白羽衣
恍如新娘粉黛的脸庞
凝满了晶莹的花瓣

我在雪中奔跑
像个快乐的孩子
采一枚冰凌花
别在衣襟
让漂泊的心
飞舞雪花倩影

多年以后
我相信
在我苍老的记忆里
会有这样一场雪
无论走得多远
也始终无法忘怀

这是在2019年10月调到十四师工作后，第一次下雪后我写的一首诗（节选）。

…………

每一年，我都在等一场雨，等一场酣畅淋漓、万物复苏的雨；

每一年，我都在等一场雪，等一场银霜遍地、江山不夜的雪。

期盼塔克拉玛干南缘的茫茫戈壁荒原，迎来更多更大的雨露与瑞雪，滋润出更广阔、更丰饶的沙漠绿洲，造福千千万万永不换防、勇毅前行的戍边人！

家乡的味道

陈海燕

随着盛夏的来临，也到了西瓜成熟的季节。小区入口处，常常停着一辆卖西瓜的车，下班路过，我有时会买一个拎回家。我一直喜欢将瓜切开后，用勺子掠着吃。慢慢品尝着瓤红皮脆、甘甜多汁的西瓜，儿时的记忆便渐渐清晰、鲜活了起来，我的眼前，依稀出现了一块绿油油的、一望无际的瓜田……

我出生在下野地一三四团，从小吃着有“全疆第一瓜”美誉的下野地西瓜长大。记忆中，那时的西瓜品种很多，有花皮的，有黑皮的；有的皮厚，有的皮薄；有椭圆形的，有圆形的；有沙瓤的，有脆瓤的；有黑籽、红籽的，也有花籽的；有的籽又大又少，有的籽很小却很多。一般的瓜都有三四公斤重，但有的瓜却非常大，足有十公斤以上，瓜农们抱着一个椭圆形的大西瓜，就像抱着一枚沉甸甸的“绿皮炮弹”。因瓜汁特别多，往往会顺着嘴角往下流，几块瓜吃下来，脸上、手上沾满了瓜汁，如果不及时擦拭干净，就感觉到处都黏糊糊的。有人说蚊子一旦粘在了瓜汁上，想活命便基本不可能了。

那时连队里种了大片的西瓜地，每到西瓜成熟时节，尤其是临近罢秧的时候，家家户户都会买好几百公斤西瓜，堆在家里或储存在地窖里，留着慢慢吃。大人和孩子下了班或放了学，从“瓜山”上抱起一个西瓜，“咔嚓”一切两半，一手捧瓜，一手用勺子大口大口地掠着吃，非常过瘾。不想做饭的时候，只要有馒头就可以解决问题，一口瓜、一口馒头，既解渴又解饿。夏天的晚上，一家人或是左邻右舍坐在门前，有一句没一句地聊着天。不知谁想吃瓜了，跑回家切一个，摆上满满的一大盘端出来，用不着客气，也用不着推让，大家就着月光，一会儿就把瓜吃光了，想吃多少都管够。顽皮的小男孩顺手用衣袖抹一下嘴，便准备去找小伙伴玩。他的妈妈跟在后面又吼又叫地拖住他，用毛巾用力地给他擦着脸和手，小男孩扭动着脑袋和身子，从妈妈的怀中挣脱出来，像个泥鳅似的一溜烟跑了。

许多人家的西瓜都可以储存到冬天甚至第二年的一、二月份。西瓜存放得越久，口感其实越不怎么好，但那时物质生活不丰富，寒冬时节，西瓜基本上便是家家唯一的“水果”。一家人围着火炉，一边赏雪，一边吃瓜，其乐融融，非常惬意。

许是吃惯了下野地西瓜的缘故，我的味蕾不知不觉变得特别挑剔，一旦吃到甜度不够或口感不好的西瓜，吃一两口便咽不下去了。高中毕业后离家外出上学，每每听到或看到“下野地西瓜”几个字，我都会忍不住停下来买一块尝尝。不知是那些所谓的“下野地西瓜”不正宗还是别的什么原因，总感觉不好吃，远不是家乡的那种舒爽、清冽、甘之如饴的味道。

这些年，物质生活越来越丰富，疆内疆外、国内国外的各种瓜果琳琅满目、举不胜举，但无论是上山游玩，还是酒店餐后的果盘，西瓜却似乎依然是瓜果的首选。外出游玩时，人们把西瓜浸泡在清凉的水里，浸泡得久了，冰凉的西瓜吃起来特别甜。午餐时，大家围在一起，席地而坐，吃着烤肉，喝着啤酒，啃着馕饼，边吃边聊，一派欢乐祥和的气氛。吃饱、喝足了，再想舒舒服服地坐着是不可能了，站起身，一边手抚着圆滚滚的肚子，一边却抵挡不住友人的劝说，一块凉冰冰、甜丝丝的西瓜又下了肚。山间徐徐的风吹过来，打两个长长的、响响的饱嗝，惹得友人们瞬间爆笑了起来，自己也忍不住“哈哈哈”地笑，浑身那种通泰、舒坦的感觉，任是神仙也不过如此吧?

现在每到夏天，在市场、小区入口处都有不少卖西瓜的。我依然很挑剔，基本上是下野地的西瓜才会买，甘甜多汁、口感纯正的西瓜才会吃。

儿子也非常喜欢吃西瓜。即将离开家去江苏上大学前那些天，我们每天都会切一个瓜，依然是人手一大块，用勺子[illegible]着吃。我对儿子说：“出去了，再想吃就没这么容易了，多吃点儿，好好记住家乡的味道。”

聊赠疆南一枝春

陈海燕

在塔克拉玛干南缘
在胡杨昂然挺立的地方
春天的使者
不是清润的绿草
不是鹅黄的柳芽
料峭的风才是
漫天的沙尘才是

这是我在《春天的怀想》中写下的诗句。

是的，在塔克拉玛干沙漠南缘，在和田，在昆玉，在皮山农场，每年二三月间，风沙如迁徙的候鸟，聚散有定，带来了春天的消息，也昭示着长达 240 天左右的漫漫沙尘季，又到来了。

最先感知春的信息的，是馒头柳。

农场的大街小巷、田间地头，最常见的除了法桐和一些不知名的树，就是喜光、耐旱、遮阴效果好的馒头柳了。每年三月初，馒头柳仿佛一夜之间便吐出了鹅黄的柳芽儿，似乎想早点见天日，那柳芽儿都跑到了圆圆的树冠顶上，远远望去，半空中此起彼伏一抹新绿，像横挂着一条长长的绿丝带。待你走近，绿丝带却看不真切了，这时，你才切身体会到什么叫“草色遥看近却无”，只是这似有似无的“草色”，不在地上，而在天上。

许是担心柳芽儿太过寂寞，杏花、紫叶李、榆叶梅便一个个披红挂绿来作伴了。

街道边、小区里有零零星星的一些杏树，我家斜对面那栋楼前就有一棵，不过三米高，亦不粗大。2021 年初来皮山农场，恰遇它开花，虽不几日便凋落了，却从此开在了我心里。某日上班路过，见这棵杏树的花正开得热闹，枝条上挤挤挨挨、密密匝匝的杏花，莹白，柔美，仿佛一个恬静的梦……我在树下痴痴站了好久，脑海里默念着那句“小楼一夜听春雨，深巷明朝卖杏花”，心里却在想：如能偷偷折几枝回去插瓶该有多好！

紫叶李一簇簇的花开着，紫红色的叶子也开始慢慢长出来。紫叶李的花是粉色的，花叶色泽类似，只是花略泛白些，远不如绿叶白花或红叶白花那般清爽、干净，总感觉像是一个山村姑娘脸上涂抹了过浓的脂粉。紫叶李花期比杏花长，待花落成雨，那满树的紫红叶越来越大，也越来越明艳。尤其到了秋季，明亮的阳光斜照在紫叶李上，深红、浅红、紫红的叶子泛着光，明明暗暗，错落有致，煞是好看。

开得最热闹的要数榆叶梅了。榆叶梅又名榆梅、小桃红，又因其变种枝短花密，满枝缀花，故又名“榆叶鸾枝”。许是冬日的树大都还在沉睡，盛放的榆叶梅玫红满树，显得极绚烂、耀眼。在棵棵榆叶梅前流连，用手机拍下一帧帧明媚鲜妍，脑海里闪现着“黄四娘家花满蹊，千朵万朵压枝低”的诗句，心里满满的都是简单明净、浑然无我的岁月静好、默然欢喜。

在年平均降水量不足40毫米，年平均蒸发量却高达2400毫米的皮山农场，因干旱无雨且地下水匮乏，房前屋后的绿化带根本不可能大水漫灌，感觉时隔好久才用滴灌带小心翼翼地滴洒些水来；也不可能如北疆似的遍种三叶草或其他草类，而是撒了些苜蓿种任其自由生长。于是每年春天，苜蓿在春风里悄悄冒出嫩芽，渐渐地，幽绿的一行行、一垄垄、一大片，远远望去，绿茸茸的大草坪似的。

苜蓿长到2寸来高时，就有维吾尔族大妈手持一个食品袋，蹲在地上一根一根地掐那些嫩叶。并不能大把地掐，因为极缺水，那些苜蓿实在老得太快，不过一周时间，就老得吃不成了。

去年来皮山农场后，我也掐过两三次苜蓿。淘洗干净，焯水，过凉，葱姜蒜、花椒、红辣皮热油爆香，加味极鲜、香醋、白糖、蚝油、芝麻香油，一盘凉拌苜蓿就做好了，特别清爽可口。有一次，苜蓿掐得多了些，焯水后我冷冻了一些在冰箱里，等到夏天拿出来吃，口感也仿佛刚掐出来似的。在炎炎夏日和寒冬腊月，有久违的“野味”入口，那滋味别提有多稀罕了。

苜蓿鲜嫩时节，也正是榆钱儿满枝的时候，从我的窗口望出去，成百上千枝条上的榆钱儿都是长长的一大串，鲜鲜嫩嫩的，很是诱人。有人说好久没有尝过榆钱儿的滋味了，很想撸一些回去做着吃。默想了一下，我最后一次吃榆钱儿也仿佛是青少年时的事，只是眼下我怕麻烦，便也想想作罢。

在一个十字路口拐角处，一棵高高的紫叶李旁，是一树红艳艳的榆叶梅，它们恣意盎然、如火如荼地盛放着，展现着自己最美、最绚烂的瞬间。想着远方的故乡不过刚刚积雪消融，还依然是“万树寒无色”的暮冬早春，我精心拍摄了几幅醉红如云的榆叶梅照片，作为礼物“寄”给我的家人、同事和朋友，并写下了这样两行字：“疆南无所有，聊赠一枝春。”

云南人爱上新疆秋天的颜色

刘绍斌

从云南来到新疆，我深深地爱上了新疆的秋天，新疆的秋天灿烂浓烈！新疆的秋天美在树木，美在瓜果，美在歌舞，美在深情。

新疆！一个神奇而美丽的地方，它辽阔着、美丽着、它包容着、自由着，它简单着、纯洁着。新疆是一个有着瓜果飘香也有着美丽姑娘的地方，如果人生还给我一次选择机会，我还会选择来到新疆工作，这里可能不算完美，但是我在这里，找到了我的诗和远方。

（一）新疆烤鱼里的“秋意”

每年的八月下旬，忽然一场冷空气过来，炎热碧绿的夏天转眼之间换上了清凉金黄的秋装。这个时节，最美的就是出去踏秋。眼中看风景，口中品美味，身心返自然，灵魂被淘涤。

在属于新疆秋天的味道里，不仅有清晨起来一碗拉面的清纯香味，更有鲜嫩焦香、回味无穷的新疆烤鱼。说起烤鱼，新疆的男女老少无人不知无人不晓。

新疆烤鱼的吃法由来已久，拿一根木棍刺穿鱼的整个身体，然后架在火堆上翻烤。烹制设备虽然简单，但是食客皆乐在其中。烤鱼本身就是再独具风味不过的食物，在经过别具一格的料理方式后，就愈加妙不可言。

做新疆烤鱼，首先必须是现捕鲜活的鱼儿，剖好洗净，用较粗的红柳枝做支架，从背脊穿过，再用 3 根较细的枝条做横穿，使得整条鱼被彻底撑开。待鱼烤至金黄色，将鱼放平，然后撒上用洋葱、番茄、辣椒及少量盐调制的调味料。再稍烤几分钟，就可以出炉了。在烘烤过程中，新鲜的红柳枝会分泌出红柳汁液，使得鱼肉外脆里嫩，香气诱人，这是其他地方所没有的味道。

新疆的风景让人念念不忘，新疆的美食更让人魂牵梦绕！这个秋天，一起到新疆吃第一条烤鱼，感受不一样的人间烟火气！

（二）烧烤里的“人生百味”

新疆烧烤不仅仅是一种美食，更是一种文化。作为四季夜晚里的“常客”，新疆每座城市的烧烤店，都有一个故事。新疆烧烤里的烟火味，就是新疆的一部生活史。

当美味被串成一串，撒上飘香的孜然，配着冰凉的乌苏啤酒，吹着清凉的晚风，这是专属于新疆人的快乐时光。随着城市的发展，路边的小摊不见了，儿时烤肉串的味道也成为了人们找不回的记忆。正如人们常说的，能吃到一起的都是难得的缘分。人间烟火味，皆抚凡人心。看过了太多的冷暖人间事之后，内心深处的璞玉之光彩，或许于烟火味之中，才会迸发出来。

在人生的逆旅中，做一个行人，走出多年，回首望去，是半生烟火味，冷暖不过自知。也许尝过了尘世百味之后，才能更加热爱人间烟火。也许你不记得，曾经吃过的烧烤摊；也许你所在的城市，也在发生巨变，但多年以后，你仍能记得新疆烧烤那个熟悉的味道，以及陪你吃烧烤的那个人。

（三）秋天里的“道别”

“落红不是无情物，化作春泥更护花。”其实，对于秋季的离去，我们不必有太多的失落和迷茫。因为叶落归根并不是永远地消逝，而是以生命的另一种方式精彩地绽放，更是它对大地母亲深深的回报和感恩。

让我们微笑着与深秋挥手告别吧！告别秋日收获时节的繁忙，告别悲欢离合的过往，告别凄风苦雨的忧伤，告别秋日的大美时光吧！无论喜欢与否，我们都应该勇敢地面对和接受秋日的隐退。因为待到春暖花开时，万物都会睁开惺忪的睡眼，充满勃勃的生机，到处都是一幅欣欣向荣的繁华景象，一切都会拥有一个崭新的开始，一切都会归于平静，因为生命只有一次，我们必须热爱生命！

而人生却是一趟有来无往的列车，是没有机会重来的一生！在漫漫流淌的人生长河中，蹉跎岁月带走了我们太多的不舍和留恋；带走了我们太多的希望和期盼；带走了我们太多的喜欢和牵挂；带走了我们的青春和靓丽的容颜。

一路走来，不知有多少人由牵手到陌生，无论你怎样挽留，都不可能回到从前了；不知有多少事情无声无息地错过了，无论你怎样弥补，都不可能再圆满了；不知有多少东西突然就不见了，无论你怎样找寻，都不可能再回来了。且行且珍惜吧！

椒麻鸡里的人生

刘绍斌

在墨玉县文化社区附近，有一家开了十多年的椒麻鸡小店，一份红绿白黄相间、色香味俱全的椒麻鸡，好吃又独具特色。

咀嚼椒麻鸡的瞬间，嘴里的“椒麻”就是故乡的味道。故乡的味道是什么？是年少时一心想要逃离的羁绊，是出走半生仍剪不断、理还乱的纠缠，是两鬓斑白蹒跚着仍要落叶归根的牵挂。远离故土亲人，最怕突然听见熟悉的乡音，不经意间瞥见的似曾相识的风景，隔着千山万水却想说的一句“我想你了”。如果你有一位亲人到访，一定要与他一起吃一份色香味俱全的椒麻鸡，青花椒的麻，京葱的辛，红辣椒的辣，总会让你眼含热泪，却舍不得停下筷子。

“出处虽不同，风味乃相似”，这就是隐藏在椒麻鸡里的真实美味人生。朋友们如果闲下来，请做一份椒麻鸡犒劳一下自己，愿“你出走半生，归来仍是少年”。制作椒麻鸡不难，主要是用料的选择，主料的鸡要选用八九个月的土鸡，最好用童子鸡。选好的童子鸡宰杀收拾干净，然后放入冷水锅中煮，煮鸡的火候掌握是关键，要做到熟而不烂，有嚼头，有劲道，将出锅的鸡放入冰水中迅速收缩鸡皮，鸡皮会有“脆而嫩”的口感。

当一盘椒麻鸡摆在你面前，再配上好吃的皮带面，就是美食的最佳配置。入口的麻辣鸡肉、爽滑的面皮，能瞬间征服你的舌尖和味蕾，让你贪吃的嘴停不下来，这就是椒麻鸡的魅力。

墨玉老城留住乡愁的地方

刘绍斌

故乡的歌是一支清远的笛，总在有月亮的晚上响起。故乡的面貌却是一种模糊的怅惘，仿佛雾里的挥手别离。离别后，乡愁是一棵没有年轮的树，永不老去。在墨玉县有一个能留住乡愁的地方，它的名字叫墨玉老城。

来这里游玩的人，在穿过老城街道的时候，一定会沉迷、恍惚。只想把自己写进历史的烟雨中，写进文字里，把伤感的美丽散落于如烟似雾的风中。在这里，什么荣华富贵，都恍若烟尘，什么恩爱情仇，都一笔勾销。

心浮，岁月就浮；心安，生活就安。在这片看不到艳丽和繁华的小径独自徘徊，眼里，没有群聚欢闹中的人影喧哗，没有楼林交错下的比肩接踵，没有川流不息的汽车飞驰，没有欲望挑动中的霓虹闪烁，就这样把自己交给天地，交给时空，交给自然。在这里，你可以呻吟，也可以呐喊。可以心驰神往，也可以情思温婉。路在脚下延伸，情可以随心所欲。亦然觉得：这样的自己，这样的岁月，这一切，刚刚好！

有这样一种愁绪，叫乡愁，是中国人骨子中，血脉里，过了千年仍然生生不息的一种愁绪。那乡愁便是归来路上饮下的酒。敬献给一颗游子沧桑的心。蓦然回首，一梦已惘然，穿透当年月色朦胧，删不去相思，一年又一年 。明月夜，缘如昨。人可在，江南月色江南梦，断横江渚，纵马觑，相思如当年。

故乡的位置恒定在心灵深处，储存在记忆库里，也天经地义地流

淌在血液里。有一首歌的歌词写得好：“从来都不会想起，永远都不会忘记”。墨玉老城这样的地方，才是你的真正故乡。

鲜花装点的春节

徐爱清

小时候，过了农历小年，母亲喜欢用“鲜花”装点自己的家。

那个年代，日子过得贫穷，哪来的鲜花呢？母亲心灵手巧，利用简单的材料，自己动手做。印象中，母亲最喜欢做，而且做得最好的当属“梅花”了。

母亲带着镰刀去山里，砍回几株茎秆粗壮的野生山枣树，用剪刀剪去无用的枝丫，造好型。然后，母亲从屋檐下摘下一串玉米棒子，掰下满满一瓢的玉米粒，拿到村街头的爆米摊前，爆成玉米花。

爆米花，是儿时过年孩子们最好的零食了。母亲再三嘱咐我：“别偷吃了，妈用它有大用场呢。”母亲年前忙得像个陀螺，又是做饽饽，又是蒸年糕，白天没有闲着的时候。晚上，母亲顾不得歇息，坐在炕头上，开始设计制作“梅花”了。

制作“梅花”看似很简单，其实付出的辛苦只有母亲体会得到。当时还没有电灯，母亲照着昏暗的煤油灯，小心翼翼地把一个个爆米花捅在山枣树的刺上。一不小心，枣刺便会捅进手指头，母亲停下活，吹吹疼痛的手指，戴上眼镜，用针挑出扎进手指头的刺，接着一刻不停的忙活。

我躺在被窝里，瞪着小眼睛，看着母亲秀她的“技艺”。母亲时不时地拿起一粒爆米花，塞进我的嘴里，笑笑说：“都快半夜了，赶紧睡觉吧，要不早晨又要赖床了。”我吃着母亲塞进嘴里的爆米花，一点睡意都没有。

院里的公鸡开始打鸣了，母亲不住地打着哈欠，我的眼皮实在睁不开了，在爆米花的香味里，甜甜地睡着了。

第二天早晨，我醒来了，看到两棵山枣树变成了“梅花树”。一颗颗鲜亮的爆米花，挂满枝头，活灵活现。母亲揉着惺忪的睡眼，正在往爆米花上喷做饽饽的“桃红”，经母亲的点缀，满树的“梅花”，栩栩如生，鲜艳亮丽。刹那间，我感到整个屋里温暖如春。

我和小伙伴们一起玩的时候，一个劲的炫耀：“我们家的‘梅花树’可漂亮啦！”小伙伴们纷纷拉着我的手，一起去我们家看“梅花”，孩子们来了一波又一波，母亲高兴地拿出过年的喜糖招呼他们。

除夕夜，母亲在“梅花树”旁，点上红红的蜡烛，在灯光的映照下，朵朵梅花，耀眼靓丽。前来拜年的乡亲们，都要靠前观赏一番。有了“梅花树”，我们家的年，显得格外红火热闹。

过了元宵节，“梅花”成了我的美食。母亲把一粒粒爆米花摘下来，装在塑料袋里，开学的时候，我如获至宝，兴高采烈地把它放进书包里，一蹦一跳的上学去了。这一天，我可以大饱口福，吃一顿香喷喷的爆米花了。

九十年代后，生活变得越来越好。过年的时候，市场上有了各种各样的“塑料花（也叫仿真花）”。每年的腊月集，母亲就会带着我，去市场上买花。花摊前，一束束的玫瑰花、菊花、兰花、梅花琳琅满目，应有尽有，令人目不暇接。母亲在花摊前转了转，蹲下身子，精心挑选了几束梅花，放在鼻前嗅了嗅，满脸笑容地对我说 “你看看，这梅花多漂亮啊，摆在家里就是一个喜气。”

过年了，母亲把梅花插在花瓶里。当时已有了电灯，母亲独出心裁，在梅花上缠绕上一串装饰灯，通上电。那些小灯有节奏的闪烁着，与梅花交汇相融，美不胜收。

除夕夜，一家人吃着“年夜饭”，欣赏着梅花带来的雅气，满满的幸福感。

如今，我国已步入小康社会。“买盆鲜花，回家过年”，成为了人们一句时髦的话。

母亲已经九十岁，依然对鲜花情有独钟。今年春节，母亲让我回家过年的时候，带回一盆蝴蝶兰，一盆梅花。家乡如今已经通了暖气，鲜花摆在家里是冻不着的。

母亲戴着老花镜，饶有兴致地看着眼前怒放的鲜花，深有感慨地说：“现在的日子真好啊，过年都能摆上真花啦！蜡梅报春，今年又是一个红火年，丰收年！咱老百姓赶上好时代了，年也过得越来越有味啦！”

从孩提到现在，母亲的用“鲜花”装点的年，点亮了我春节美好的回忆。

难忘电影《喜盈门》

徐爱清

八十年代，一部以家庭伦理为主题的电影《喜盈门》，风靡大江南北，好评如潮，该片也因此成为当时家庭教育的活教材。

我第一次看《喜盈门》，是 1983 年。那时，我还是一名中学生。

秋天的一个星期天，母亲说，晚上村里放电影，我听了十分高兴。天刚黑，就早早带上板凳来到了放映场。放映场挤满了观众，到处是喧哗声。村里的四婶先前已经看过一遍，喋喋不休地跟大家介绍着剧情，妇女们围成一圈，听得聚精会神。直到电影开始放映了，放映场才瞬间安静下来。

电影在欢快的喜宴中拉开帷幕，普通的农家小院，热闹的场面，让我想起大哥结婚时，全家人喜笑颜开的快乐一幕。随着故事的深入，我感到影片情节索然无味。我当时属于一个懵懂的孩子，对于张家长，李家短的家庭人际关系不感兴趣。于我而言，《喜盈门》这样的家庭剧，远比不了《地雷战》《地道战》《南征北战》之类的战斗片，看着过瘾。

我开始做小动作，和孩子们交头接耳，窃窃私语。母亲捅了我一把，训斥道："不要乱说话，影响别人看电影。"我心不在焉地看着屏幕，期盼着电影早早散场。

大人们就不同了，眼睛都舍不得眨一下，生怕漏掉每一个情节，心情也随着电影情节的深入起伏不定，悲喜交加。有人在为二媳妇水莲的善良感慨万千："将来要是咱能说这么个媳妇进门，该有多好啊！"有人为大儿媳强英的蛮横无理，横加指责："简直就是一个泼妇，都怨她的父母教子无方，哎！给娘家人丢脸啊！"看到大儿子仁文在强英面前唯唯诺诺，母亲随口骂了一句："窝囊废！"

电影结尾，一家人摒弃前嫌，和和睦睦，重新开始新的生活，人群中响起了热烈的掌声。

回家的路上，大人们仍然叽叽喳喳争论不停。第二天《喜盈门》成了街头巷尾议论的话题。

我们家也如此。餐桌上，一家人说的最多的是《喜盈门》里的话题，有时因为观点不同，争得面红耳赤。我不理解，不就是一部电影编出来的故事，至于吗？一天晚上，我听父亲和母亲谈论家务事，母亲说：

“咱家老二都结婚一年多了，虽说媳妇跟咱们没红过脸，可家早晚要分，不如趁好把家分了，免得以后闹出点不愉快再分家，让街坊邻居笑话。”父亲点头同意了。

一天晚饭，母亲对二哥说：“你看咱家家口这么大，眼看老三也到了谈婚论嫁的年龄，以后花钱的地方更多，妈不想拖累你们，不如分开过吧。”二嫂听了，连连摆手，说：“不行，村里人该说我是电影里的强英了，吐口吐沫也能把我淹死，我们可不愿当那‘罪人’。”说着，撒娇地搂着母亲的脖子，说：“娘，一大家子一起过，多热闹啊，你就狠心把俺们撵出去。”母亲笑笑说：“媳妇啊，你想哪去了，分家是早晚的事，咱们家又没有家庭矛盾，这叫和和美美分家，放心，别人不会说三道四的。”

秋天，打了新粮，我们和二哥分家了。二嫂挑了最破旧的一栋房子，除了粮食，二哥二嫂几乎是净身出户。母亲感动的直抹眼泪，不住地唠叨：“咱家八九口家，日子过得穷啊，委屈你们了。”二嫂笑笑说：“娘，你说哪去了，日子靠我们自己去过，咱们分家不分心，和和睦睦一家人，有难同当，有福同享。”

那一刻，在我眼里，二嫂真的很伟大，懂得为家庭分忧解愁，不亚于电影的好媳妇水莲。

我本村的舅舅，常年患有风湿性腿痛。舅妈去世的早，和儿子分家这几年，舅舅没少遭罪。他儿子、儿媳看了《喜盈门》后，心中内疚，上门接舅舅去他们家一起过。舅舅怕连累儿子、儿媳，说什么也不肯。儿媳妇急了，说：“爸，以前是我们错了，没有孝敬好你老人家。乡亲们背地里都叫我‘强英’，你想让我背一辈子的骂名啊！”

说完，夫妻俩卷起舅舅的铺盖，背起老人，说：“走，让爸回咱家。”舅舅趴在儿子背上，对大街上的街坊邻居说：“儿子、儿媳孝顺啊！”

我问母亲：“娘，一部电影有这么神奇？它能改变一个人做人处世的观念？”母亲笑笑说：“等你也结婚生子了，就会理解《喜盈门》里家长里短的内涵了。”

《喜盈门》传递着家庭正能量，成为村里人做人处世的一面镜子，敬老爱幼蔚然成风。村里的老支书深有感触地说：“《喜盈门》不愧是家庭教育片，它的作用，远比一个妇女主任大，许多家庭矛盾因为电影迎刃而解，这样的好片子应该常看。”

第二次看《喜盈门》，是1990年。村里的黑子结婚，他的父亲赵福请来放映队，以示祝贺。赵福点名放映的影片就是《喜盈门》。赵福说，现在改革开放多年了，日子越来越好了，但敬老爱幼的优良传统不能丢。让现在的年轻人看看《喜盈门》，接受家庭伦理教育，家庭和睦的好家风才不会丢。

这年，我已是结过婚的人。再看《喜盈门》，有着不同的视角，许多故事情节是带着感情看完的。我最佩服的是电影里的爷爷，强英一家吃饺子，却让他啃窝窝头，这样过分的举动，爷爷没有得饶人处不饶人，而是从一个家的幸福角度出发，宽宏大量，原谅了强英。强英终于良心发现，改邪归正，做起了好媳妇。另外，从丈夫仁文身上，我明白了一个道理：一个男人，要想维护好家庭的和睦，就要善于与妻子沟通，善于化解矛盾，起到一个家庭“顶梁柱”作用，才会有效地避免家庭矛盾的激化，幸福一家人。

夜里，我和妻子再次谈论起《喜盈门》。妻子说，《喜盈门》反映出的是许多农村家庭的生活片段，或者说一个缩影。我作为年轻人，小字辈，从中受到很大启发。俗话说：家和万事兴。与公公婆婆也好，与妯娌之间也好，与小姑小婿也好，都应该尽好自己的义务，处理好利益关系，不能斤斤计较，行得端，走得正，才会维护好家庭的和睦。二嫂水莲是我的榜样，我应该向她学习，做一个

人人佩服的好媳妇。

第三次看《喜盈门》，是2015年，电影频道播放的。儿子已经成家立业，我和妻子从当年的丈夫、媳妇熬成了公婆。看完电影后，妻子说，家庭和睦不和睦，婆婆也是一面镜子，我要像强英的婆婆一样，不能老盯着小辈的缺点，善于发现她们的优点，当好“和事佬”，才会受到小辈的尊重。

时光荏苒，转眼三十年过去了。我看过的电影不下几百部，但《喜盈门》给我留下的印象最深刻。这么多年来，在《喜盈门》的陪伴下，我们一家几代人的家庭和睦相处，喜气盈门，幸福常在。

作者简介

徐爱清　山东莱阳市融媒体中心编辑记者，爱好文学，2014年至今，已在《人民日报》等各类报刊发表作品300余篇，多篇作品在全国征文中获奖。

我的小学，我们曾渡过的河

张鸿林

是什么让我们如此地留恋？是那条曾流过我们生命的小河，还是与我们一起渡河的人？

我的小学，我们曾渡过的河。

大漠白杨在黄河北岸高高的崖上，有一所远近闻名的学校——甘肃省靖远县高崖村小学。你们还记得吗？那上下课时八爷的敲钟声，我们曾坐过的破旧的教室，那上学放学挤过的破旧的校门，还有我们远去的贫穷而愉快的童年。

细数小学毕业已经20多年了，一切就好像发生在昨天。那因为调皮而刻在课桌上的“早”字，不知后来的学弟学妹们是否看见？那可亲可爱的老师们，不知你们的身体都好吗？那扎着马尾辫的女孩，也应该是几个孩子的母亲了，那在操场上争得面红耳赤不可开交的同学，也成为了人父。当我们在给孩子们讲我们的往事的时候，我想最难忘的应该是我们的小学生活了。

说起小学自然少不了那些教我们识字、算数、做游戏的老师们。对我影响最深的人，还是我的小学班主任——金淑慧老师，后来在老师的影响下我也成为了一名老师。金老师是一位民办老师，从我们小学一年级一直带到五年级，她是村里远近闻名的极其负责的老师。还没有在学前班玩好，我就升入了一年级，分好班了以后，我们坐在了一年级三班——一间破旧的教室里。看着乌黑乌黑的屋顶，房顶上还有好几个洞，大风刮来发出呜呜的响声，下雨时还会有雨滴从洞里掉下来，晚上还能透过小洞看见天上的星星。墙上的黑板已经掉了半块，四周白色的墙壁也满是黑块，我们坐的课桌椅，都是凹凸不平的，不知道服务过了几届学生。幸运的是我们的班主任是一位年轻漂亮的女老师，她极其严厉，也极其的负责任。她认真地教我们拼音，上课时还会带一块准备好的小黑板和几张彩色的插图，一笔一画地、手把手地教那些不会写的孩子，每次作业都很认真地批改。在老师的教导下，我们扎实地学完了拼音，为以后的语文学习打下了良好的基础。由于不适应小学的生活，我开始逃课，上午去学校，中午回家吃完饭后就去外面玩，下午不去学校了。在路上看见那些上学的学生，我心里还暗自窃喜，你们真傻，还那么累地上学。但逃学这件事很快地就被金老师发现了，她狠狠地批评了我，还叫来了我的家长。从此以后，我再也没有逃过学。

金老师还是一位心灵手巧的老师，她为我上语文课，还在劳动技能课上教我们缝衣服，我们带着从家里准备好的碎布片、针和线。老师认真地给我们讲解并示范，到现在我还记得老师讲过的课“这是平针，这是蜈蚣针……你们要学会缝衣服，不管是男生还是女生，衣服破了可以自己缝。”我用老师教的针法，缝了沙包，缝好了裤子，缝好了袜子。

小时候我是很调皮的。有一次，脚上穿的新布鞋被我当成了玩具，自作聪明地将后鞋帮不穿上，用右脚前脚尖使劲地踢向空中，鞋子像飞机一样快速地飞向空中，又落下了。刚开始在教室前面的空地上，踢了几次，愈加高兴，不料马失前蹄，飞向空中的“飞机”再也没有掉下来。怎么回事，鞋子去哪里了？一旁的同学哈哈大笑，说你的鞋子在教室的房顶上呢。哎，倒霉，没有了鞋子，我只能左脚穿着鞋，光秃秃的右脚踩在左脚上，焦急地坐着等着放学。放学后我一只脚穿着鞋，一只没有穿鞋的右脚踩着坚硬的路，回到了家。回家后，母亲

生气地教训了我，骂着让我去取鞋子，可是教室的房顶太高，竿子够不着，爬不上去。后来在学校拆除这排旧教室的时候，我的“飞机”——我的鞋子终于落地了。

我永远也忘不了金老师批改过的一篇作文。有一次金老师负责我们的考试监考，其他同学很快地答完了，纷纷交了卷子，回家吃饭去了。教室里只留下景尕东和我了。上午第四节课已经下课了，金老师还在耐心地等待着。我做题的速度很慢，作文还没有写。我清楚地记得那次考试的作文题目是《一个认真的人》，我快速地思考着，写了一个同学认真地打扫卫生，连一粒灰尘也不放过的事。但 500 字的作文，匆忙间只写了 200 多字，就交了卷子。卷子批改完后，老师拿着我的卷子在全班同学面前夸我，夸我写的作文能紧扣主题，围绕中心，满分 25 分的作文给了 23 分。我的脸红了，我说作文字数不够，但老师还是表扬了我，说其他同学都走了，我还能坚持写完，写得那么好。从那时起，我爱上了写作，爱上了文字。

从小学三年级开始，我们还学了点毛笔字，每次写完字后，还要去崖下面很远很远的泉里淘洗毛笔。那眼泉是全校打扫卫生时每个班去接水的地方，每次有很多人都等着，我想我们会永远地等在那里，等在那个绿色的童年的世界里。很多年过去了，那眼泉还在咕咕地流出泉水，冬天时泉里的水草还在水中飘摇着，泉水不怎么结冰，蓝天白云映照在绿绿的水中是那么的美丽。

小学时候，我们还帮老师插过秧，帮同学家搬过玉米棒。上次回家去拜访金老师时，老师还提起了几个同学帮她插秧的事，至今念念不忘，感谢我们，并留我们吃饭。我们吃了老师亲手做的臊子面。三碗过后，我们都已经吃得很饱了，老师还为我们再添满，并说：“你们能到老师这里吃饭的机会不多，你们能看望我，我很高兴，希望你们都吃得饱饱的。”说到这里，我们的眼里一股热泪不自觉地流了出来。多年不见，年轻干练的金老师已经苍老了许多。我们跟老师寒暄后，才了解了那时民办老师的工资不高，一年才给三袋米，但和金老师一样的老师们为家乡的教育事业坚持着。在把我们从小学一年级带到五年级后，老师还坚守在平凡的三尺讲台上很多年。那年去看望老师时她已经退休了，老师说她教过的学生里有一家两代三个人的。

放学时，小学的校园里可成了孩子们的天堂，忘记了上课时金淑慧老师的严厉，忘记了数学老师胡云怀老师的三角带，记起了体育老师曹德华老师教过的两块砖当球门，不论几年级的学生都狂奔在操场上。忘记了老师布置的背诵，身后的小组长还在追着背，忘记了曾面红耳赤、不可开交地扭打在一起的“仇敌”，忘记了……此刻，我们不想回家，只想留在校园里尽情地嬉戏。

但人总是要往前走的，时间不会为谁而停歇。在以为小学不会过完的天真想法里，我们拍完了六年级的毕业照，参加完了小学毕业考试，那是一辆大货车载着我们一大群人参加完的毕业考试。谁能料到，我们的小学生活就这样结束了，我们一起生活了六年的朋友们就这样分别了。再见了，那些帮助我们成长的老师们，Ade（德语，再见的意思），我们一起长大的同学们。

那列开往过去的列车

张鸿林

也许你经过的这一站是顺意的，也许下一站就不那么顺意，但我们必须咬紧牙关，坚持走好每一站路……

每到春节或者假期，火车就成了许多在外闯荡的游子回家的主要交通工具。当人们千方百计买到一张踏上回家的火车票时，心里便踏实多了。大学毕业后，我来到了美丽而遥远的新疆，在那里成为一名守护三尺讲台的教师。从那时起，故乡变得愈加遥远了。起初没有家庭，还能每个假期回家看看，后来有了孩子，回家的次数越来越少了。故乡呢，也只能时常在梦里浮现。

成长路上，人也许会面临许多许多的挫折，但路总是要往前走的。也许你经过的这一站是顺意的，也许下一站就不那么顺意，但我们必须咬紧牙关，坚持走好我们的每一站路。

在经过酒泉找工作无门的考验后，我开始选择平静地去面对生活，毕竟人只有在社会中生存下去，才能在社会的大舞台上实现你的理想。

后来我来到了辽阔而美丽的新疆。和许多喜欢追逐诗和远方，喜欢这里的瓜果飘香，喜欢这里的大漠风光，喜欢这里成群的牛羊的人一样，我毅然地背起了行囊，来了一次说走就走的旅行。

起初我还不知道新疆有多大，新疆有多远。当时我坐上的是由兰州开往阿克苏的绿皮火车，火车走出甘肃用了十几个小时。火车进入新疆境内，越来越荒凉。一眼望去都是望不到边的大漠戈壁，一座城市离一座城市有好几个小时的车程。火车经过了哈密，来到了火州吐鲁番。那时正值 5 月，炎热的天气，拥挤的硬座车厢，被太阳炙烤的大漠的沙风，打开窗户时，热浪迎面袭来。新疆以这般热情，迎接着一位远方浪子的到来。

在经过 44 个小时的艰难车程后，我来到了美丽的阿克苏市。和每一个在外的甘肃人一样，一碗牛肉面，就可以缓解对家乡的思念。阿克苏市还不是我们的目的地，遥远的大漠南缘——和田才是我们要去的方向。我们买定了去和田的汽车卧铺票。汽车缓缓地行驶出了阿克苏市，驶向了茫茫无人的沙漠公路。在经过 10 个小时的颠簸后，我们才来到了遥远的和田市。

在经过了教师招聘考试的笔试、面试、体检、培训等一系列的操作后，2009 年 9 月我正式成为一名边疆教师。来到了新的环境，新的地方，一切都很不适应。这里是维吾尔族群众聚集区，我所教的学生都是来自附近村子的维吾尔族学生。学生中能听懂并能说出简单的国语的人不多。

很快就到了寒假，当时我们所在的和田市墨玉县没有通火车，回家买火车票只能自己去阿克苏站或者库尔勒站买票或者通过朋友买。我的一个挚友李 XJ，他当时在库尔勒市天康饲料厂上班。依稀记得他帮我买票后我们见面的场面。我乘坐了 19 个小时的长途卧铺汽车，才由和田到了库尔勒市。我和挚友是大学的校友，也同是从铁路运输部走出的工人子弟。李 XJ 去汽车站接了我，帮我买了车票，那时候买张车票真是太难了。在朋友的热情款待下，我的旅途倦意慢慢地消除了。午夜时分，朋友将我送到了火车站，还给我买了好多的东西。后来我再去库尔勒市培训联系朋友李 XJ 时，听说他已经调到甘肃武威了，自此和这位帮我买票的挚友再没有相见。

当放寒假时，要买回去上班的车票，你们应该知道有多难吧。早晨六点时火车站开始售票，只卖出那么几张车票，排队还需要排在队伍的最前面。天不亮，我们全家出动，早早地去排队，可因为前面的同志耽误了时间，到我们时已经没有了坐票。今天没有买到，明天还得买。我在除夕夜去了兰州火车站，早早地排队，以为能买上坐票，可还是没买到坐票。没办法，买了站票，买了一个小马扎，带上了火车。44 小时的车程，我就这样坚持着。当时也真是年轻，再多的苦也能吃。

后来慢慢地条件好了，可以网上买票，不用去火车站了，但买票依然很难。农村的网络不好，到开始放票的时候，登录不上去。没办

法，我只能去网吧，坚守了一夜，到了放票时间，揉开睡眼惺忪的双眼，勉强才能抢到一张票，然后去火车站，取到票后，心里才能安心。2011 年 6 月 28 日，喀什到和田的客运列车正式开通。一路上的莎车、泽普、叶城、皮山、墨玉、和田都建有了火车站。这对于处于“口袋底”的南疆，是多么幸福的时刻！我们终于可以坐着火车到乌鲁木齐了。可以直接去本地的火车站买票，不用再那么辛苦，不再因为坐汽车赶路不让上厕所而烦恼了。

坐上火车去游览大漠，欣赏“大漠孤烟直，长河落日圆”的大漠风光，体味王维诗句中“路绕天山雪，家临海树秋”。每次回家带着妻子和儿子，游新疆、览甘肃的心情变得不一样了。虽然路途遥远，但是我们依然对故乡充满着期盼，当踏上火车时，激动的心情平复后又激动了。“近乡情更怯，不敢问来人。”当踏上甘肃的故土，每一个在外闯荡的游子的心无不激动不已，儿子激动地说，可以回家见到爷爷奶奶、哥哥姐姐了。这也许是在外奋斗的浪子们，最好的期盼，最好的“解药”了吧。

今天，我在和田教书，为的是有更多的学生走出大漠，走出“口袋底”，走向遥远的地方。有一次，我去库尔勒参加培训，在火车站碰见了我以前的一个学生，虽然她的国语水平不是那么高，但得知她要去内地的一个工厂上班，我为她感到高兴。真希望越来越多的学生，靠自己的双手，自己的学识出去打拼，将新疆的特色文化传播到内地，这也是我们自五湖四海来的教书育人者，多年来坚守在荒凉广阔沙漠上的一片心愿。

更可喜的是，我们盼望已久的“口袋底”东段——和田到若羌支线也在 2022 年 6 月 18 日正式通了火车。自此，环塔克拉玛干沙漠铁路网已经建成通车。结合库尔勒到青海格尔木的库格铁路，第二条出疆铁路大道将大大方便人们的出行，并减轻单线的货运客运压力。真希望不用再去乌鲁木齐，便可乘坐着经过青海的列车回到家乡。我相信我们这些在南疆闯荡多年的浪子的梦会实现，我相信更多的新疆人会乘坐火车走向全国各地，把新疆优秀的民族文化带到全国各地，带向世界。

转动的流年

张鸿林

那辆破旧的飞鸽牌自行车，静静地停放在那个角落，他停止了转动，静的出奇。

我多想此刻，他是转动的，就如同往日，他载着父亲和年幼的我，一起走过风雨，走过父亲工作的车间，走过放学后父亲接我的路上。车轮的转动，带走了父亲的流年，也带走了我和父亲在一起的岁月。

此刻，我多么希望他是转动的，他曾背负着父亲和我的全部重量，他那么健硕，那么有力。可是此刻，他苍老了，如同年老的父亲，岁月的伤痕爬满了额头，扣进了脊背，历经过风霜的双鬓，染上了抹不掉的雪。

我多么希望他能转动，能再回到从前。可是此刻，他停止了转动，静静地停放在那里，静的出奇。

对母亲的回忆

赵鸿飞

树欲静而风不止，子欲养而亲不待。母亲离开我们已经十二年了，在这春节即将来临，万家团聚的时刻。我对母亲的怀念与日俱增。偶尔在梦中梦到母亲：她还是那样地慈祥，总是忙忙碌碌，进进出出，重复着永远忙不完的家务——家中的衣食起居，锄草养殖。屋内屋外的件件事儿，都在她心里，在她的每一天里。梦中，我永远是母亲长不大的孩子，依然在母亲的膝下承欢，可每次醒来，总是两眼泪湿，泪洒枕巾。

多年来，多少次耐不住思念，想写一篇怀念母亲的文章，但是一提起笔来，却又不知从何写起。母亲为了我们这个家，倾注了自己的毕生心血，靠自己每天干繁重的农活和父亲微薄的工资养育了我们三个儿女。当她含辛茹苦把自己的孩子拉扯大，本该生活得更幸福一些，应该得到儿女们更好的孝敬，可以开开心心地享受儿孙绕膝的天伦之乐，可母亲却突然撒手人寰匆匆而去，没有给我们一个思想准备，没有让我们花一点医药费，更没有给儿女们添一丁点麻烦，就驾鹤瑶池。可如今“母亲不在”了，其悲其痛该如何让儿女们承受？想起您——母亲，常常任热泪流淌，不能自抑。时常回忆，人生能够享受伟大的母爱是多么地幸福！

2012 年 7 月 7 日，是个平常的日子，然而，对于我们来说，这天，我们听到了不愿听到的声音，它像那早年水磨转动时发出的嘶鸣。

我们看着母亲远去的背影，云翼遮住了发湿的眼睛，我们想紧紧拉住母亲的手，可双手像患了小儿麻痹症一样软弱无能。至亲至爱的母亲，静静地离开了我们。母亲身体一直都比较好，但是，我从没有敢想这一天来得如此匆忙！我想，一定是上苍安排，母亲不愿麻烦自己的儿女，所以就这样，母亲悄悄地走了。可您怎么舍得啊！母亲，怎么舍得撇下您的亲骨肉们？我们成为一群无助的孩子。也许您这种痛苦的抉择，是担心儿女们在你生病的日子里累垮了身体，耽误了活计，还是其他许多许多不愿诉说的秘密。不管怎样，我总是坚信：母亲的匆匆离去，只是化作成天上一颗最亮的星，每当夜幕降临，就会迫不及待地闪闪发光，去遥望人间大地，看望自己的儿女。

母亲啊！在您生病走的那天晚上，儿女们是多么的孤独和无助。任凭儿女们怎样抱你、摇您，您也一动不动；任凭儿女们怎样千喊万呼，也得不到您的一声回应。母亲啊！您可知道，那时儿女们多么想把您从死神的手中夺回来，让您和我们永远永远生活在一起，从不分离。母亲您还是从容地走了，看到您那慈祥的面孔，和您熟睡时没有两样，似乎没有一点痛苦的模样。想想下午您还为全家人做的最喜欢吃的馄饨饭，儿女们的心像扎了一把尖刀那么痛。我清楚地知道，从今往后在我的人生当中再也没有了母亲的叮咛；再也看不到母亲的笑貌音容，我的人生世界里永远失去了一份母亲的关爱！悲伤的心情，痛苦的泪水，如何用语言表达？千言万语也难诉心中之苦。儿女们只能用含着泪水的双眼送您远去，用嘶哑的哭声告慰您远去的英灵！此刻，多么再想听一句您最后对儿女们的叮嘱，但您一直没有给儿女这个机会。任泪飞如雨，也表达不尽儿女对您的依恋和无尽的思念。

母亲，快要过春节了，虽然我今年不能亲自到您坟前烧纸，但身在他乡的儿子一定会为您准备纸钱，洒些美酒，准备好水果，做些您爱吃的饭菜，好让你在另一个世界中欢乐过“年”。看儿心，听儿声，让儿空虚的心灵得以安慰。

母亲，您放心吧！儿孙自有儿孙福。请您相信您的孩子，他们会通过自己辛勤劳动，日子会越过越好，请您不要牵挂。

彩云伴海鸥，纸钱化飞蝶。我们今生最牵挂的人——母亲，您的儿女永远永远想念您。来生有缘，我们还要做您的儿女。

花开的大靖让人念想

赵鸿飞

祁连山泛绿，昌灵山上的花落草丛。大靖的乡村生活，伴随着沙尘，伴随着袅袅炊烟，在鸡鸣犬吠声中开始。

从小喜欢大靖峡微风的凉快，中年后喜欢欣赏古山墩夕阳伴烽墩的壮观。吴家湾村头的那棵沙枣树，每年绿了又黄，叶子长了又落，但年年都会长出不一样的花朵和树叶。季节从不厚待任何一个人，或者薄待你我他，它对我们都是公平、公正的，一分一秒，从未对谁多付出一点。从我爷爷奶奶还有父亲母亲的身上便有印证。

当我从孩童走到知天命的年龄，从大靖南川小干沟口的张家台子搬迁到张家湾，又从张家湾到新疆和田，在五十多年的平凡生活中，积累了越来越多的阅历时，就懂得许多人生道理，熊掌和鱼不能兼得，要学会舍得和放弃。有这样一句经典的话：“人的眼睛是由黑、白两部分组成，可是神为什么要让人只通过黑的部分去看东西呢？因为人生必须透过黑暗，才能看见光明。”

前些年，在农闲时节，我常漫步于南川小干沟河口和西滩张家湾的田埂上，去谛听大自然的声音和呼吸。每次疾风骤雨过后，总会看到田野上玉米小麦枸杞青翠滴绿，偶尔还能听到玉米的拔节声；每次暗无天日的乌云飘过后，总能欣赏到蓝天白云的疏淡有致，还有雨后彩虹的美丽。走在乡村田埂带露珠的草丛间，裤脚常被露水打湿，还粘满不少带刺的草粒，这是雨后散步的妙处——时常会看到一些意想不到的惊喜，草丛中发现一窝鸟蛋，或者遇见几只野生小雏鸡、小野兔。那一刻，我会显得特别兴奋，有摸摸鸟蛋或者捉只野生雏鸡、小野兔的冲动。但如今生活在繁华的城市当中，这便成为我一个奢侈的愿望而已。

人世间，有爱才有温暖，我们才能好好地活下去。唐山打人事件，足以说明这个问题，也发人深思。一颗鲜活的心，如春天沙枣树上的嫩芽，当晨光照耀，晚霞拂过，便有金子一样的色彩在叶面跳跃，分分秒秒的时间，欣赏者才觉得十分珍贵。就像我的家族在大靖小干沟沟口生活几百年的历史一样。虽说一树的沙枣花，还有各村农家门口的玫瑰花，到了时光的深处，总会凋落一地，但它们曾经走过的那段锦绣前程，已经绽放出了生命应有的风姿和色彩。看到大靖有花的乡村，常常让我眼前一亮，兴奋不已。

明白赏心悦目的曼妙，心中才会时常拥有朝霞、夕阳、露珠、沙漠、大山、田野和常年盛开的各种鲜花。要知道，唯有风，才可以肆无忌惮、游刃有余地穿过荒漠和村落，在原野上无拘无束。春天来临，大靖周边的田地里或者每个村的“干话台”上，就会多出一大半的人，乡村一下子热闹起来，有晒太阳的小孩、听新闻的老人，还有闲来无事者，口里数着牧羊老人羊群排队经过的数量，一二三……八九十……直到羊群走远为止！

征雁

王寒冰

也许在越接近自然的时候，我们才能体会到生命的真谛。

塔克拉玛干沙漠边缘，有一个新兴的小城镇，它的名字叫做玉泉。这是一个在沙漠中建起的城镇，没有工业，没有光污染，也没有城市的那种喧嚣。夜幕降临，新建的楼房静静地蜷缩在沙漠后面，小心翼翼地用门口的几棵胡杨树对着来人招手，举手投足间透露着怯懦。

安静，是这里冬日特有的主题。

在这里生活的人多是来自五湖四海的创业者，他们操着各类的口音，怀着对未来的无限渴望，成为了兵团第三代创业者的一员。他们夜间少有活动，多是待在自己的家里，享受日落而息的原始乐趣。这里没有KTV，没有车水马龙，拥有的只有安静：星星安静地趴在天空，小眼睛观察着活动的人们，可爱得像一群眨眼的精灵；沙砾安静地行走在荒原上，蹑手蹑脚的，生怕惊动了这里的生灵；就连那平时声嘶力竭的风声，此时也轻声细语的，默默地飘荡在玉泉镇的空气中。

这是难得的场景，时间流逝的动力是靠喧嚣催动的，没有了大城市的喧嚣，时间一下慢了下来，慢到你能感受到空气缓缓进入身体里，又缓缓吐出来，慢到你能听到自己的脚步声，跟着心脏的节奏一起迈动。

所有的烦恼事都不见了，这样的空气能溶解人的情绪，讨厌的思绪刚出来就被飞快地带离了身体。

嘎——嘎——嘎——

有什么声音从远处飘来，在夜空中显得那么的清晰，我抬头向上看去，那里漆黑一片，什么也看不到，但是我能听到那种声音越来越强烈。声音逐渐大了起来，翅膀拍动的声音也清晰可闻，那种声音是如此的亲切，一瞬间把我带到了童年时期。那时候也是一样的场景，我躺在院子里的大床上，看着无数的鸟儿从头顶飞过，那时我从没考虑过时间，也没像今天这样在意时间的流逝，我的脑海中没有多少形容词汇，只是觉得那样的场景很美。我听到了布谷鸟的叫声，开心地和它一唱一和，我看到了燕子低飞，眼睛跟着燕影上下飘动，我看到喜鹊落在房梁上，我看到黄鹂落在槐树上，我听到院子里的猪仔发出哼哼的声音，我看到斑鸠挥动着笨重的翅膀。

我感觉到无比的惬意。

我在脑海里搜索着眼前这种声音的来源，一幅枯叶败落的场景浮现出来，征雁，是征雁吧!

它们已经飞到了头顶，夜色下，扇动的翅膀显得步履匆匆，它们发出声音互相提醒，像是防止伙伴掉队，又像是表达即将归家的兴奋。这些征雁也会一路向东走吧，越过重重山峦，飞过茫茫沙漠，最终走到它们想去的地方。它们一定会经过我的故乡，只是不知道那里会不会有一张床，床上躺着无忧无虑的孩子，带着童真的眼睛，向着天空仰望。

大抵不会有吧。

作者简介

王寒冰 汉族，1993年出生，2013年参加工作，新疆生产建设兵团曲艺家协会理事，第十四师昆玉市作家协会主席，昆玉市政协委员。长期从事舞台剧的编写创作工作，代表作有情景剧《黑山不黑》《天使情怀》《不负韶华》，小品《第一书记》《稻香村里说丰年》等。参与2018—2023年和田地区春晚创作，2019年石河子大学七十周年校庆导演组成员，2022年执导大型话剧《沙海老兵》并在和田地区巡回演出，2023年创作的长篇小说《拓荒》获得新疆生产建设兵团文艺精品工程扶持，主编的连环画册《沙海老兵》获得国家基金扶持。

梦回故乡

周克斌

人生匆匆，故乡总是难以忘怀。每当我闭上眼睛，思绪便飘向那遥远的故乡，那里有我童年时的欢笑，有我成长的故事，有我深深的眷恋。

故乡的风景，总是那么熟悉而亲切。那青砖红瓦的小屋，那稻花香里说丰年的田野，那波光粼粼的池塘，都在我心中留下了深深的印记。那是我生命中最美好的时光，是我永远都无法忘怀的记忆。

故乡的人，总是那么热情而淳朴。他们用最真挚的情感，最朴实的语言，传递着浓浓的人情味。每当我回到故乡，总能感受到那份温暖和亲切，仿佛回到了自己的家。

故乡的风俗，总是那么独特而有趣。那里的传统节日、民俗活动、风味小吃，都让我流连忘返。每当我回忆起那些美好的时光，心中总是充满了感慨和怀念。

如今，虽然我远在他乡，但那份对故乡的眷恋和思念却始终如一。每当夜深人静，我总会想起故乡的点点滴滴，想起那些美好的回忆。我想，无论我走到哪里，故乡永远都是我心中的一片净土，是我永远都无法割舍的情感。

梦回故乡，那是我心中最美好的地方。

乡愁

周克斌

乡愁，是什么？每个人都有自己的答案。

乡愁，是一种深深的情感，是对家乡的思念和眷恋。它可能源于对家乡的风景、亲人、朋友、食物、习俗等的怀念。乡愁，是一种永恒的主题，是文学艺术中经常被描绘和探讨的情感。

每个人的乡愁都是独特的。对于一些人来说，乡愁可能源于对家乡的风景的怀念。他们可能怀念那片绿色的田野、那条清澈的小溪、那座古老的桥，以及那些曾经陪伴自己成长的伙伴。对于另一些人来说，乡愁可能源于对亲人的思念。他们可能怀念父母的呵护、兄弟姐妹的陪伴，以及那些曾经和他们一起度过的温馨时光。

乡愁也可能源于对家乡的食物的怀念。在异国他乡，有时会想念家乡的美食，如妈妈做的家常菜、街边的小吃、市场上的新鲜食材等。这些食物的味道，常常会勾起人们对家乡的思念和眷恋。

乡愁还可能源于对家乡的习俗和传统的怀念。人们可能会怀念家乡的传统节日、民俗活动、传统手工艺等。这些习俗和传统，是人们与家乡的文化和历史紧密相连的纽带，也是乡愁的重要组成部分。

乡愁，是一种美好的情感。它提醒我们不要忘记自己的根，不要忘记自己的文化背景和历史传统。同时，乡愁也是一种力量，它激励着我们不断努力，为家乡的发展和繁荣做出贡献。无论我们身在何处，都应该铭记自己的根，让乡愁成为我们前进的动力和源泉。

昆玉的冬天

周克斌

冬日的阳光，洒在昆玉的大地上，带着几分慵懒与温暖。这里，没有北方的严寒，也没有南方的湿润。冬天的风，带着些许干燥，轻轻掠过戈壁，吹过城市的每一个角落。

走在昆玉的街头，可以看到行人们穿着厚实的冬装，脸上洋溢着

暖阳下的惬意。农贸市场小贩的摊位上，羊肉串、烤包子、抓饭和热茶的香气交织在一起，那是冬天特有的味道。远处的建筑群，在阳光的映照下显得庄重而沉稳，仿佛在诉说着这座城市的历史与故事。

这里的冬天，没有大雪纷飞的浪漫，也没有冰封万里的壮丽，更没有南方冬天的绿意盎然。但就是这样的平淡与真实，让人感到无比的亲切与安宁。或许，这就是昆玉独有的魅力吧。

昆玉的美，不在于冬日的景色有多么的耀眼，而在于这里的人、这里的文化、这里的烟火气。冬日的阳光下，人们围坐在一起，一边品茶，一边聊天。孩子们在广场上欢快地玩耍，留下一串串银铃般的笑声。老人们在河边漫步，沐浴着阳光，享受着这宁静的时刻。

夜幕降临，昆玉变得更加宁静。街头的灯光柔和地洒在路上，给这座城市披上了一层神秘的面纱。寒风吹过，带来一丝丝凉意，但人们的心中却充满了温暖。

这就是昆玉的冬天，一个平凡而又美好的季节。它没有华丽的辞藻，没有惊心动魄的场景，但却让人感到无比的真实与美好。或许，这就是昆玉冬天的魔力，它能让人们的心更加宁静，也能让人们更加珍惜每一个平凡的瞬间。

再别离和田

廖艳雷

听风轻轻地吹过，吹不散从前的我，不经意的你，思念已成雨，匆匆告别飘落，时间在指尖停留，空气中弥漫着忧愁，我心中的印记。

我看着熟悉的地方，和田，你知道我在想你吗？那些曾经往事，点点滴滴却是你的影子，你就像一个坐标，深深地插在我的生命路口。

再忙的日子也会把你惦记，当冬天即将过去，春天要来的时候，你是否还记得起我？记得曾经分享的歌曲，记得曾经甜蜜的点点滴滴，每当欢乐的时候，总是想起你，希望你能和我一起分享。感到忧伤的时候，总是想起你，希望你能给我以安慰。也许有一天，我老去，失去了记忆，我才能够真正忘了你，爱你在心里，和田。

你让我疯狂，也让我执迷不悔。陷入你给的回忆里，我忘了我自己。列车穿过陌生的城市，不再熟悉的风景，告诉我你已经远去，很久，很久。雨越下越大，模糊了视线，我闭上双眼，那些幸福的画面又在脑海浮现，因为太在乎你，想起才心痛。就这样你走了，离开了我的世界，我一直在坚强和柔软间挣扎，我不知道怎么面对没你的日子。思念你成为一种习惯，我把从前有你的陪伴的习惯，转变为思念，来陪伴我这颗漂浮游离的心。

那些与你有关的喜与愁，那些与你有关的所有痕迹，都已经深深地定格在脑海里，我不知道是因为思念你而落泪，还是因为落泪而更思念你。数落着满地的悲凉，我用无声抗拒着无情而又漫长的岁月。跳跃在天光云影中，翻飞在无声的疼痛中。浮生梦短，那刻骨铭心的印迹，那一往而深的情怀，终是轻捧了后会无期。刻上终生的疼痛。我清醒，我深知，这生生的疼，来自于那深深的爱，来自于那诸多的不舍和依赖。那静好如初的甜蜜片段，让我自豪，曾经的我是多么幸福。

曾经的温暖，烙印着之前，安暖着今后。那带给我忧伤的印迹，疮口，每一次触摸，都积聚、爆发着撕心裂肺的疼，彻骨的寒。如同一只伤痕累累的病猫，掉入万丈冰窟，可怜、绝望至极。曾经，我们相互关心，相互问候，几乎成为生活中最温情的时刻，清浅温馨的交集，心心念念地记挂着彼此，那些日子简单却很充实，画意诗情的日子里，我们曾是彼此生命中的精彩，曾是彼此生命中最真实的陪伴，我们之间，

没有那么多的浪漫情怀。

如果彼此真心相爱，只想每天能够听到对方的声音，随时能够知道对方的状态，便已足够心安。我隔着思念的距离等你，在我的生命里，你是故事的主角，也是我生命等待中的那个你。转角遇到你，和田，多么美的邂逅，只一眼，便是一万年，从此不倾城，不倾国，倾其生命只为你，和田，注定是我生命的疼。或许有些情只能寄放在天涯，两两相望，只能相守在天涯，我愿，以最温暖的姿态。

看着你愉悦，这一世，在彼岸等你！等你，在每一个晨曦姗姗，等你，在每一个夕阳西下，等你，在每一个午夜梦回，等你，在烟雾弥漫的指尖。即使红颜不再，即使白发苍苍，我等你回来，陪看花开花落。一段时光，一个片段，有多少东西会值得记忆，有许多的完美，在等待中入了我的眼，润了我的心。

昆玉的站台，乡愁的呼唤

廖艳雷

这些年在外打拼，我历经坎坷与艰辛。虽然漂泊异乡，灵魂却驻留在故乡。穿梭在城市之间，常忆起家乡红枣香甜的味道，梦里回放着点点滴滴……当离别的钟声响起，再也割舍不了对你的牵挂和思念——昆玉的站台，何时再相逢？我想，我一定会在岁月的钟声敲响最后一键音符时，挽起寒风，把最美的思念擎在空中，只为摇响一串悦耳的琴音，如帘挂满你期待的窗口。我知道，帘里有我儿时的故事，有我日夜不息的等待，有你翘首企盼的身影。

我怀念家乡的枣园、枣花香，炊烟袅袅的老屋，含辛茹苦的爸妈，唤起冗长的思念……艰难岁月相濡以沫，哺育我们成长。人间烟火，厨房里飘来童年的味道……只有在那一刻，我才学会踮起脚尖，欣赏你的娇美。低眉含羞的你，一颦一笑，一行行写满了我的真情。犹如月光，在幽蓝的夜色中，倾泻满满的相思……好似一个个琴键，谱写一首首爱的音符。我默默地望着窗外，夜色显得那么温柔，世间万物都归于沉寂，唯有一颗心还在回味。历经了多少沧桑，命运流淌在岁月的光阴里，弦上的余音从远处的风中传来。

当熟悉的声音在我脑海里盘旋，乡愁的呼唤，萦绕在耳畔，故乡就是幸福的源泉。俯瞰山川与河流，归心似箭，回乡的路不再遥远。如烟的往事，环绕在眼际，任空旷的夜，斑驳那浓情飘落。如同时光走过的声音，穿越我的城，或许花开明媚，或许平静如水，欣喜的是一直保持着倔强，盈满花朵和阳光，任听季节的每一次转换，踏遍万水千山。

只为一个真诚的拥抱，一声亲切的问候，血浓于水的亲情，不舍的眷恋，归属于心灵栖息的家园。你总是把浓浓的思念，一波波快递给我，而我也总是在静寂的夜晚，坐在月光下的山岗，默默地等待。你总是有淡淡地幽怨，我的问候越来越少，偶尔飘进你的耳朵，也只是寥寥微语。其实，你哪里知道，我的内心蕴藏了火热的熔浆，随时都可能喷发，是我用沉默把它封存。当你柔情似水的时候，我却故作镇定，因为，我怕按捺不住而逃离那遥不可及的忧伤，如同薄云孤月，只能遥望天际。

你渐行渐远的脚步，背影依稀，淡出我的视线，在心与心疲惫的夹缝中，丈量出亲情的距离，一份眷恋，一份凝望，总会透过时光的珠帘寻觅你。那一份源自心灵的黯然神伤，在斑驳的岁月里无法消受，更无法褪却。在这个繁华的人世间，你总是让我心绪里充满思念，总

是梦想着回到与你相遇的时光，在昆玉的站台。虽然，那个时节的花蕾，已变成满地的枯黄，我却无法遗忘。

无论前路多么艰辛 ，心里有家是清欢，总会被温情和爱填满。人生是漂泊的船，家是温暖的岸，也是生命的起点，更是温馨的港湾！我知道，那将是我一生永远无法释怀的遗憾，在你的生命里恣意缠绵……这一世为爱，为你，我宁愿一世枉然。时光的波澜，翻阅着残留在记忆里的牵念，携手每一个潮起潮落，徘徊在梦与现实的边缘，拾一瓣落花，让回忆穿越古今轮回的幽香，融入这城市的岁月里。

作者简介

廖艳雷　新疆和田人，自由职业。兴趣广泛：爱读书，爱写作，爱美食，爱音乐，爱运动。曾在各种网络平台发表诗作、散文。文观：文字是孤独的，喜欢文字的人也是孤独的。文字无声，可承载千般爱恨、万种情愫。文字的选择和排列，是一种艺术，用来倾诉心声。

宜赏春

夏昕

最近闲来无事，最爱往昆玉河闲逛。春日和煦，河边孩童玩耍时的嬉闹声被阵阵春风携带着，打着旋儿传入耳中。艳春莺时，万物新生，桃花、杏花、紫荆花、紫叶李花……争奇斗艳。满河岸的低矮灌木，偷偷探出嫩绿色的细芽，羞涩地向路人诉说春的来临。初临世间的娇嫩花瓣，伸展着身体，在湿漉漉的露珠中晒着太阳。在晨风中微颤的花蕊向我暗送娇波，吹散了的花瓣也敛黛蹙眉，时而淡淡地吟唱蝶恋花，时而灵巧地落在女孩的秀发间，时而轻轻抚摸我的脸颊，最后亲吻哺育她的土地。脉脉流水穿过桥底，像舞女的丝绸裙摆，搅动心湖。河水高歌着，从石墩间跌落，互相拍击着，震碎的水雾慰藉着干燥的昆玉。站在石桥上，入眼的是初升的晨日，金色的阳光懒懒地洒向河里，泛起闪烁的波浪。广阔的昆玉河在温润晴朗的天空下蜿蜒前行。河水边犬牙交错的石台在芦苇丛中沉默不语，微笑地听着芦苇“沙沙”的低语。河中飘来一片旧冬的枯叶，倏然间，一只娇小的布谷鸟闪到那片枯叶上，微微歪着头用灵动的眼神瞧着我，婉转清脆的鸣叫声，唯有微笑可相狎。脚下的蚂蚁沉醉了似的，呆呆的望着我与枯叶上的她。此刻，河水向着蓝天，枝桠向着春风，鸟儿向着桥上人。

我是向来喜欢独处的，一个人的时候最能感受生命存在的点点滴滴。变幻着的景色入我眼底，在心中不断勾勒，幻化成思想的点滴。

一个人时可以遐想万千，可以低声轻吟，可以肆意大笑，可以沉思冥想。正如朱自清先生所说“一个人在苍茫的月下，什么都可以想，什么都可以不想，便觉得是个自由的人”，而我则是日头下的漫步者罢了。入鼻的浓郁香气打断了我的思绪，原来是一大片团簇的马兰花。蓝紫色的香味沁人心脾，霎时将我拉入似夜的幽静之中。缓升的日光透过高树的枝桠，倒影与窈窕的兰花交融着，像优雅的美女子，含辞未吐，气若幽兰，华容婀娜，令我忘餐。一直往林中走去，左边的清凉绿色，是成片的风铃草，右边姿态优美的粉色，是众多的月季花。沉默寂静的寒冬余韵被昂扬的生命力冲击得节节败退，负隅顽抗的枯枝败叶也被偷偷挤出的小草尖儿包围。抬头透过充斥嫩芽的枝干，梦幻般的蓝天早已经倒映在瞳孔深处。星星点点的四月云过于稀疏了,但棉絮般的云尾巴正描绘着春风的矫健身姿，这也是别有风味的。

不知不觉间已漫游了一个小时，不知为何我分外想看到春雨中的昆玉河。有人赞叹“好雨知时节，当春乃发生”，有人欣赏“天街小雨润如酥，草色遥看近却无”，也有人感怀“夜来风雨声，花落知多少”。想象中，昆玉的绵绵春雨是“空翠湿人衣”，是“密雨如散丝”，是“暝色春朝雨，滋荣喜及时”，雨后的昆玉是“枝重残红湿，堤平涨绿深”，是“晴明风日雨干时，草满花堤水满溪”，是有着云雾缭绕、灵气十足的远山的，也是有佝偻身体，采摘雨后野菜的悠闲老人的，当然，还有我这个抿一口香茗，写下“崔嵬西山倾雨，泛起几许春漪？夜来骤风摧烛熄，杯中唯有寒气。酒凉多我独饮，落红少得涕泣。天涯何处知己，强乐还图醉意”的饮者。雨中的昆玉是我这个独饮者的梦，梦境虽是虚幻的，但并不是不切实际的。

无数先驱者们在沙漠中建造了昆玉，在沙土中栽种了一棵棵希望的树苗。他们挖沙引水造昆玉河，他们勠力同心，建造景观桥、景观路；他们勤劳能干，栽种上千上万亩红枣；他们埋头苦干，引领经济的蓬勃发展。随着昆玉的绿化面积的成倍增长，生态环境日异月新，沙海变成了新城，沙海中的新城也终会变成冒着春雨茁壮生长的生态绿城。

怀念

陈常娇

长大以后我会是什么样?

小时候常常问自己，或许我会在那个小小的县城成为一个成熟、自信、有丰富工作经验的成熟白领，或是在舞台上翩翩起舞、歌喉动听，的艺术家，又或是抬手轻松搞定家庭所有事务，家庭和煦美满，家人健康平安的家庭主妇。

好像小时候没有想过离开家乡会是什么样，也觉得自己不会离开那个平凡、普通却难以忘怀的地方。

工作之后第一年回家，那是距离我离开家乡的7年后。

下火车前就已经想好了自己第一个要去的地方，一定要去吃心心念念的街角麻辣烫，那种充斥在唇齿间鲜香麻辣的味道像是我儿时最美的记忆。

可拖着行李，站在本应飘香的店门口，我却开始犹豫了。

长大后的我，并没有像小时候那样成为一名优秀的白领，或表演艺术家，或优秀的家庭主妇，反而成为了一个普普通通的人，普通到柴米油盐经常还要计较菜店老板是不是会偷偷给我涨价，今天的菜比昨天的蔫，和自己的家人有吵不完的琐事。

长大以后，少了很多儿时的烦恼，写不完的作业、看不完的书、偷偷藏起来的流行歌曲磁带、邻桌同学无法回应的情书，却再也回不去小时候。

站在街角，看着正在改成网红零食店的那间门面房，儿时的记忆像一辆加满油的汽车，瞬间启动的车让我和曾经的故土离得越来越远。

有人曾问我，你还喜欢你的家乡吗？

喜欢。

还是不喜欢？

说不清。

我喜欢我的家乡，因为那里有形形色色的人，说着一口地地道道的家乡话，做着一手香喷喷的家乡菜，和数不清、看不尽的风景。

可现在的家乡，高楼林立，街巷古板。如今的那里和我记忆中的家乡相去甚远。

或许，我想的也许就是家乡的那个街角小食店，公园小树林，和小时候的我。

也许，我怀念的是曾经的我。

作者简介

陈常娇　31岁，甘肃定西人，现工作于224团文广中心，从小向往西北的辽阔和神秘，喜欢和家人感受自然的变化。

我的家乡

美丽·恩特玛克

在我居住的小县城边缘，有一座不起眼的小白杨哨所。它坐落在群山之间，与世隔绝，守护着我们的边境线。

小白杨哨所，顾名思义，以小白杨树为象征。这些小白杨树，挺拔而坚韧，无论风吹雨打，始终坚守在那里。它们在边疆的荒芜之地扎根生长，成为了边防战士们的精神寄托。

在哨所周围，还有一座座帐篷和铁皮屋子，那是边防战士们的临时住所。在这个荒凉的地方，他们忍受着严寒和烈日，坚守着每一寸土地。他们的眼神坚定而果敢，仿佛在说："无论何时何地，只要祖国需要，我们都会挺身而出。"

每天清晨，当太阳刚刚升起，小白杨哨所的战士们就开始了一天的巡逻。他们走在边境线上，穿越山林、翻过沟壑，用双脚丈量着祖国的边疆。即使环境艰苦，他们依然心怀使命，守护着祖国的安宁。

在这座小白杨哨所里，我看到了军人们的坚毅与勇敢。他们为了国家的安宁和人民的幸福，舍小家为大家。在祖国最需要的时候，他们挺身而出，用自己的汗水和生命捍卫着祖国的尊严。

小白杨哨所虽然不起眼，但它是我们小县城的一道亮丽风景线。它见证了边防战士们的忠诚与奉献，也寄托着我们小县城人们的希望与梦想。在这里，我们看到了军人的担当和白杨树的坚韧，也感受到了祖国的强大与繁荣。

愿小白杨哨所继续屹立在边疆之地，愿那些守卫边疆的战士们永远健康、平安！

家乡的初雪

美丽·恩特玛克

家乡的初雪，如梦般纯净，如诗般美丽。那是一个清晨，我醒来，看到窗外飘洒着洁白的雪花，仿佛是天空对大地的深情馈赠。

雪，静静地落着，像一幅美丽的画卷。我仿佛看到了家乡的田野、河流、小桥，都被白雪覆盖，化成了一幅银装素裹的画卷。那雪白的世界，让人感到心灵的澄净与安宁。

我走在雪后的路上，脚下踩着厚厚的积雪，发出咯吱咯吱的声音。那声音，像是在诉说着冬天的故事。我望着远处的山峰，层峦叠嶂，白雪皑皑；近处的树林，披上了白色的外衣，仿佛是进入了童话世界。

我想起了小时候，和伙伴们在雪地里打雪仗、堆雪人的情景。那时的我们，天真无邪，快乐无比。而现在，我们各自奔波于生活的大海，但每当想起那些美好的时光，心中总有一份温馨和感动。

家乡的初雪，让我感受到了冬天的韵味。它不仅仅是一种季节的更迭，更是一种情感的寄托。它让我回忆起那些美好的往事，也让我更加珍惜现在的生活。在这个纷繁复杂的世界里，我愿保持一颗纯净的心，去感受那些美好的事物。

作者简介

美丽·恩特玛克 哈萨克族，新疆塔城裕民人，毕业于石河子大学法律专业，第十四师昆玉市西部计划志愿者，服务于第十四师昆玉市文联。

初遇农场

黄璐璐

我第一次踏足皮山农场，是在 2021 年 7 月。

彼时正值盛夏，我拖着行李箱从北京出发，在和田机场落地后，便坐上了一辆灰头土脸的出租车，车厢外面的油漆剥落些许，看上去上了年纪，就和这次城市一样。

车子从高速公路开到了沙漠公路，司机是个维吾尔族的大叔，一路放着听不懂的少数民族歌曲，节奏却莫名地轻松舒缓，他一边操控着方向盘一边打着拍子轻声附和着。新疆这边下午四点正是阳光最烈的时候，我把窗户摇下来，就着吹过脸庞的滚滚热浪开始打量这个陌生的地方。

全是沙漠。

这里是沙的海洋，一眼望不到边际。漫漫黄沙堆成了一座座小沙丘，在这些数不尽的小山丘里，恒河沙数的一棵棵胡杨点缀其间，沙漠公路就像一条细细长长、无尽延伸的丝带串联起一个又一个小城。在茫茫沙海的包围下，我们的车子仿佛变成了一条鱼，乍一看好像是从沙海里游来，细看来却是向沙海里走去。

来之前对南疆做过一点功课，待到亲眼看到渺无人烟的戈壁和苍茫广阔的大漠时还是内心震撼。司机告诉我，眼前的这片沙漠叫塔克拉玛干。我一下子想起来，就是那个仅次于撒哈拉沙漠的塔克拉玛干沙漠，高中地理课本上还专门提到过这个世界第二流动沙漠，作为三毛的资深书迷我一度暗自意淫，能不能也在这片沙漠里书写下塔克拉玛干的故事。

塔克拉玛干沙漠太大了，这里的故事我不一定能讲好。我们此番要去的地方是新疆生产建设兵团第十四师皮山农场，它就在塔克拉玛干沙漠的南缘，当时我即将工作的单位是皮山农场的文体广电服务中心，单位运营的公众号上开了个专栏，正好就叫“讲好农场故事”。

这辆老爷车开到农场的时候已经是晚上七点半了，内地的天这会儿已经黑了，这边还如同白昼，或者说就是白昼。太阳在这个点还是热乎乎的，站着的土地都有些烫脚，路边零零星星的柳树，无精打采地站在沙土里。

虽然是沙漠里新建不久的小城，里面的人气却很足，小区里好多小孩在踢足球，有维吾尔族的，也有汉族的，欢笑声、吵闹声夹杂在一起。小区门口有棵树冠很大的柳树，枝条粗粗短短的，远远看去像一朵头很大的蘑菇，后来我才知道这个树唤做“馒头柳”。柳树下有个维吾尔族姑娘摆了个桌子，桌上放着好几个一次性的塑料碗和一只大桶，我以为是卖奶茶的，馋虫勾了上来，便赶忙过去，才发现卖的不是奶茶，而是粽子，白白的糯米粽子，桶里装的是酸奶，四块钱一碗，很是便宜。姑娘张口有些羞涩，普通话却说得利索，问我要什么口味，我指了指那个淡黄色的果酱，她舀了一勺放进去，我接过那只碗，雪白的粽子滚在浓稠的酸奶里，尝了一口，绵软香甜，无花果味的。

晚上九点半，终于能感受到一点暮色四合，大片大片的晚霞揉碎在绀青色天空里，一整个苍穹铺满了橙红色的浪漫，黄昏时分的皮山农场，犹如一幅色彩浓烈却不失柔和的油画，默默晕染着沉淀了一个夏天的温柔。细想那时，我与皮山农场的初次相遇，确是隔着万里沙海、千顷暮色，带着一整个夏天的炙热奔赴而来的。

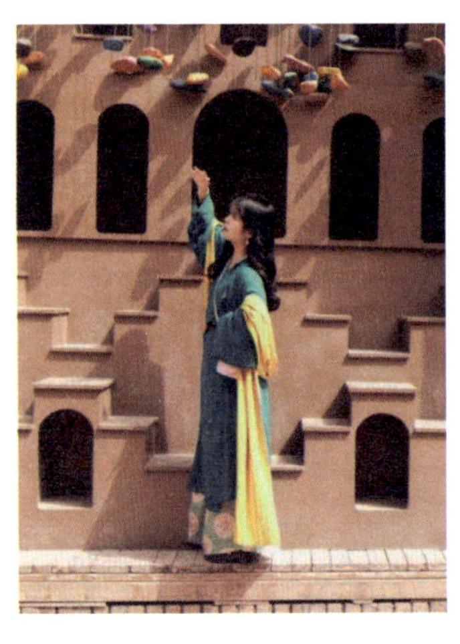

作者简介

黄璐璐　第十四师昆玉市文体广旅局工作人员，多篇新闻稿刊发于人民日报、中国新闻网、学习强国、新疆生产建设兵团新闻网等媒体平台。

记梦

王鸿翔

眨眼间，来到新疆已经一年整了。周六日，朋友们聚在一起，为我们的一周年办了小小的仪式。

想起刚毕业时的意气风发，问自己下江南还是赴西北，不免又是一腔热血。

昨晚梦到妈妈买了机票来看我，也许是傍晚打视频和妈妈讲的过年不回家，让她伤心了，梦中屡屡相劝。说到我的妈妈，是个极有智慧的人，却困于一隅近半生。我们共姐弟三人，因此妈妈很少出行，火车都没坐过几回，飞机的颠簸实在不忍心让她受。

凛冬时，捡一根树枝，感受着它在我手中的脆弱。想象着山西天地白茫茫连成一片，宛如一幅纯净无瑕的画卷，勾勒出她轮廓的袅袅炊烟，弥漫着家的味道。一张大大的宣纸，如何也装不下家乡的辽阔。我闭上眼睛，用心感受那股来自家乡的温暖气息，仿佛能够看到炊烟在寒冷的空气中缓缓升起，我手中的树枝变成了画笔。那绵延的山峦、那广袤的田野、那古老的村庄，都在我的心中雀跃，呼唤着我去更深入地探索和表达。

我知道，我的画笔无法描绘出家乡的风韵，但每一次尝试都让我更加深刻地感受到家乡的美好。每一笔、每一画，都融入了我对家乡的思念与热爱。尽管我的画作无法装下家乡的辽阔，但在一次次回忆中，无法被取代的那份温暖和归属感永远独一份。

遂记：

苏幕遮·梦醒

天微明，扰清梦。
清梦为何，倚门炊烟凝。
大漠胡杨孤烟直。
姥姥百年，狸奴亦归星。

渐行远，夜乍寒。
归乡为何，扪心愁肠问。
为还四拜不可知，
梦醒怅然 ，叹轻信离别。

琦怪

记于 2023 年 12 月 15 日

春天里的祝福

王满飞

来到新疆，唯一的遗憾大概就是远离故乡。平日的时候，故乡住在心里，总感觉昆玉也是寻常的样子，但每到故乡亲友召唤的时候，远方却总难回去，便生了许多的情绪，这一次亦然。

宝子告诉我他要结婚的消息，是在去年的 12 月，他的幸福来得猝不及防。在去年夏天我回老家探亲的时候，他还一脸讪讪地笑着说，对象还不知道在哪。3 个月后，订婚仪式上，他却已经笑得像个喝醉酒的人。

但即使提前了2个月的时间告诉我，即使已经报了上元节后的探亲计划，最后却还是没有如期回家。远方的深刻，大概也就在这里。

在3月8日的夜晚，我知道已经没有请假的可能，便开始整理思绪，把远方春天里的祝福遥遥相寄。

和宝子认识，是始于小学时代的一场转学。那时外公还在世，因为体谅母亲生活困难，将我接在了他身边。然后，那一年的开学，我从乡下到了县城郊区，和宝子在二年级的教室相遇，还在那年的儿童节上拿到了人生第一张奖状。

宝子那时候喜欢弹玻璃球，技术高超，许多同学用5毛钱“巨款”买的15个玻璃球，也经不起下午放学一顿饭的工夫，就全落入了他的手中，我还算是他的“对手”。我已经记不得从什么时候开始，宝子从“对手”成为了我的挚友，只记得从小学的某一个时间段开始，我经常会出现在他家，一直到初中，有时候还会一起看电视剧到深夜。之后，经历近20年的时间，这种少年时的情谊一路增添和酝酿，不知不觉的已经岁月成酒，不饮亦醉。

得知我不能回去的消息，宝子在微信上对我说：“你欠我的。”也只有这种真的放在心怀里的朋友，才能这样毫不“包装”地说；也只有这种经历了两个年代的友情，才敢这样坦诚地讲，“你欠我的”。在人的一生中，最终能这样说话的朋友，估计只有少数的那么几个。这些既经历得起时间，又经历得起距离考验的情谊，并不逊色于那些人生所取得的最大成绩，因为它亦是我们善良真诚的最好证明。

在人生的重大时刻，有一些人如果缺席，那便是遗憾，情谊愈深，遗憾也就愈深。但遗憾又何尝不是一种幸运，它同样见证了情谊的深厚，见证了世间真诚与美好的感情。对我来讲，不能在宝子的婚礼现场，把这位单身多年的兄弟送到幸福的殿堂，应该算是一种遗憾。而用宝子的话来讲，我不能回去抓住婚礼现场美女群集的脱单机会，会是一种遗憾。但无论遗憾是否存在，祝福都并不会减少。

一想到宝子一袭新郎衫，然后被一众挡门的新娘亲友团拦住的时候，我就忍不住想笑，我在远方爱莫能助，你得多准备点开门的红包啊！幸福从你跨进门的一刻开始，牵着你的沈姑娘的手，当鞭炮声响起，在亲友的簇拥中，在镜头前，已经不需要再形容。

宝子，祝你新婚美好！在你们余生的相伴中，岁月静好；在你们的相守中，没有生活的褶皱；在彼此的心中，春天的温暖永远盛开。从此之后，星辰依旧，她也依旧，欢乐甜蜜的日子，从红毯到白头，人生中再没有孤独的夜晚，也再不见忧愁的尘垢，天空清澈，人生如花。

在万里之外的边疆的春天里，我将祝福写成词句，却又总觉得所有的言语都不能表达心头的希冀，但我想，当春风将我的祝福带回故乡去的时候，春天的花朵盛开，东风里阳光清澈，婚礼上人群中笑容美丽。宝子，你应该就知道远方不能归去的朋友所要表达的祝愿了！

从小年到钩灯

王满飞

今年过年依然未归故乡，但故乡年的味道却早已在心中流淌，那些浓浓的感触跨过万里，并不被时间和距离所影响，成为远方不归的游子心中最温暖的地方。

故乡过年的味道，从一进腊月就出现了，到了小年的时候变得浓郁。所谓小年，就是先小小的过个年，感觉更像一场过年的彩排。那时候，许多为过年准备的茶饭都已经置办好，有浓郁的自家酿的浑酒，有软黄米做的油馍馍，有黄豆炒的茶米，有热油炸的丸子和麻花，有酥烂的肉，有自家炒馅做的月饼、打的芝麻饼和混糖饼，该买的一些柿饼、花生之类的零食也基本都齐备了。照样的，还得在小年这一天炖一锅肉，这是老家过年最重要的内容，小年当然也不可能缺少。有大家人多的，灶台的前锅已经不够张罗，后锅就派上了用场，大铁锅中油沸后，倒入葱姜蒜滚开，炖的骨头肉过油漤好，再加酱汁红烧，颇有些大块吃肉，酣畅过年的意味。

这还只是小年，到年三十才进入正戏，一定要赶早去街面市场买好急需的东西，上午一过，整个场面都为之一空，而后每家每户开始飘摇起年夜饭的味道。从小年开始，一路又是扫家，又是换新，又是杀鸡宰羊，终于等到除夕之时的团圆。窗花贴上，对联粘好，一定还要爽爽利利放两挂鞭炮，到了这一天，即使是欠了饥荒的人家也会迎来一段平静时光。过年之时，要账的人都会自觉地静等新年过去，维护过年的祥和是一种无言的约定。当肉的香味飘散开，酒杯清脆地碰撞起来，火炉子被烧得发红，电视里的春晚呈现出新的节目，小孩子拿着礼花在院子里燃放，传来一阵阵为谁家放的漂亮的“花”的赞叹声。在过年的这一夜，是不眠的，在此起彼伏的花炮声里，在一家人其乐融融的相聚中，在关于新年的祈盼祝愿中，每家每户都用这一夜的无眠来守望来年的幸福。

至于初一，便到了包饺子的时候，一家人齐上手，就看见好几种成色的饺子出现，妈妈包的一般都是精致、圆润的，爸爸的大多就比较粗犷，而小朋友的就一言不尽了，有趴着的，有忘记装馅的，还有露馅的，这些不及格选手往往都是没有机会去包“福”的。那些具有象征意义的硬币、小柴火棍、辣椒之类的，都会被技术高超的家人包进饺子，然后看谁能吃到今年的“福”饺子，获得今年家中最多的福气。

之后的拜年活动更不用说，那是一整个春节的主题，家里的亲戚朋友不停继续着串门的活动，小孩子们也到了一年最“富足”的时候。

但在故乡，最热闹的却要到十五，元宵节白天是各个村镇秧歌队游街比赛的时候，跑驴、旱船、唱祝词的也一同跟着表演。那时候，街道上车是走不动的，只有人山人海，锣鼓和唢呐交响，彩扇和长袖在节奏中舞动，相熟的人们站在一处，有看不尽的热闹。到了晚上，就要钩灯，将做好的彩灯按照阵势摆好，秧歌队都在旁边准备，一到晚上八九点，锣鼓声响起，秧歌队就要开始绕灯跳秧歌。这时候，要跟着鼓点和领头的人，不能出差错，要不然来不及跟着变阵型，就要经受大家的“指点”了，秧歌会越跳越快，宛如一条彩龙般，在各色的彩灯间旋转，从一转开始，一直到最复杂的九转，然后完成钩灯的祈福仪式。之后，前来参加钩灯活动的人们就各自挑选喜欢的彩灯，提着它一路回家去，将新年对美好生活的祝愿带回家中。故乡的年，也在这一盏彩灯中被安放，带着灯火般美好的期待，新一年的奋斗也正式开始。

故乡可能很远

王满飞

故乡可能很远，尤其是在归途中的时候，飞机外的云海仿佛已经凝固，一阵风好像都可以从中间切割出一块，在没有到达的每一分钟，故乡依旧遥远。

故乡远的原因可能有很多个，其中之一可能就是太久未曾回到故土了。悄然一算，已经是3年的时光，这突然出现的漫长时间间隔，让我一下子陷入了对故乡的惶恐之中，想即刻就站在故乡的山峁上听闻西北风的声音，也突然想中止回去的路途，再徘徊审度一下，这一次是不是回去得太仓促，对阔别已久的故乡态度不够庄严。我知道，那只是内心里无聊的挣扎，只是近乡情怯的模样罢了。

一去新疆，故乡确实离我很远，每次回家都要经过漫长的折转，从早晨收拾去和田坐飞机，抵达西安往往已经是下午，汽车是赶不上的，唯有等第二天的火车，今年之前，火车差不多8个小时，现在改成复兴号，仍需要5个小时的车程，一路颠簸下来，到家已经是第二天即将结束。这种回家路途格外漫长的过程，也让我的内心格外地忐忑。总感觉，仿佛一个路上的颠簸，故乡好像就会被摇碎，它好像会突然间消失似的紧迫感，一直压在心头上。

我们和故乡疏远的原因，或许和路途远有关系，但更多的依旧是人与人之间的遥远，和故乡的人陌生了之后，故乡就变得真的很远了。复兴号穿山越岭地将我送归故乡，但站在下午气息浓郁的火车站门口，揽客的人流和车流中间，我却突然不知道该给谁发个信息、打个电话了，故乡尚且寒冷的正月，西北风徘徊在寥廓的树枝之间，也不敢与我相认。直到揽客的司机问我“要去哪里”，我才回过神来，以一个回归故乡有家人来接的本地人的“硬气”，回绝了他的出租车。我知道父亲的车已经在马路边等待了，早在上一个站点，我就已经汇报过了自己的行程。

故乡可能很远，但却总有不得不回的理由，可能是日渐年迈的父亲仍在抽着烟询问，也可能是错过了一个老友的婚礼还需要亲手把祝福的红包补上，或者是一个长辈离去当时却不能回乡，还要上山烧纸再去看看老人家。故乡那片土地上生长着养育我长大的土豆、玉米、小米和荞麦，也容留着我牵挂的人们，这种牵绊，往往是走得越远，感情却越加鲜艳。

故乡可能很远，但距离并不能改变那种出生地血脉的联系，仿佛我一抬头就能看见天空星宇，故乡也是心上的星辰，时刻在发着光。尤其是，我身处千万里外的新疆，站在昆仑山的脚底，吹着塔克拉玛干大沙漠中走出来的沙子，故乡那温暖的热光，从遥遥的山海间奔跑过来，一下子，就在眼睛上哈出一层热腾腾的水雾来，我知道，故乡可能很远，但其实一直都在心上。

过年

王满飞

过年，对于一个游子来说，从来都是别样的意味，尤其是在已经确定了过年不回家的时候，有种没法说出口的情绪，欲语还休。

在边疆，许多时候都忙碌到记不得想家，但过年，是不同的，它含有着平常时刻所不同的记忆和温度。在这个时候，哪怕是再忙，也应当留下一些时间来，从回忆中取出一点最浓的家的情绪，然后，跨过远方，与故乡连接，像一只风筝似的，只有在一根断不了的线的牵绊中，才能在远方清澈的天空上继续飞翔。

于我而言，过年最大的牵绊其实是家祭。从小，我随着母亲长大，也常在外公的家中。记得，还未上学的时候，每逢过年，外公总是要带一些为过年特意做的麻花、油馍馍之类的吃食，然后再带两瓶家乡产的芦河酒，带着我去拜祭已逝的先人。他会认真清理墓地间的杂草，在完成拜祭之后，倒上些故乡产的酒，并与我说一些所拜祭的那些已逝长辈的事情。那个时候，他没有那个骑声响很大的嘉陵摩托车，而是带着我慢慢地步行，我感觉自己像是一只过年家祭的“吉祥物”，挂在外公清脆的脚步声里，承包了家祭中的所有“展示”环节。

再之后，10 岁那年，外公去世，然后，外公就成了我唯一的过年祭奠缅怀对象。每一年的除夕早晨，我都会像他在的时候一样，带上一些他爱吃的年茶饭，买一瓶饮料，去他的墓前拜祭。之所以带饮料，是因为外公生前不能饮酒，我“自作主张”给他修改了家祭的内容，在最初的那几年，经常要为那瓶饮料积攒好长时间的零花钱。

后来，大四那年的寒假，母亲也去世了，每年的家祭又增加了许多的路程，母亲的墓地在弟弟家的山上，离县城有二三十里路，过年家祭就要早早行动。只是没有想到，在母亲去世后的第 4 年，我还是继续走上了大学毕业时，要去而没能去的远方路途，在上元节的 24 个小时的站票中，来到了新疆工作。然后，投身在朴素而充实的边疆建设工作，过年也总是因为忙碌而不能回家，就无法再继续每年的过年家祭。

今年的过年家祭，又是“量身定做”。在一封书写过年家祭的云书中，寄予了所有的怀念，然后在边疆的春节里继续前行。

榆林的黄河，流淌着乡愁的血脉

王满飞

每次我站在昆仑山下，都禁不住内心遥想，黄河是不是从故乡的黄土地一路翻山越岭，又把故乡的音信捎来。在昆仑山冰雪融化的时候，就是故乡在叫我乘着流水，一路顺流，从玉门关东归，行向榆林；在昆仑山的冬季，故乡则又从裸露出的河道，一路蹒跚，让我在山下耐心等候。所以，即使在离开故乡榆林有万里之遥的昆玉，我依然能通过黄河流淌向故乡，故乡也依然能从黄河逆流至我的心头，黄土高原的黄河水，时时刻刻的浇灌在我的灵魂中，已经从我的血脉中长出了一个榆林来，长出了一座统万城的墙壁，长出一个镇北台，长出一片红石峡。

黄土高原和黄河，是一对深爱的恋人。我的老家是延河的源头，在那无尽的山峁的深处，延河水从黄土的深处涌出来，带着榆林黄土地永远不停的爱意，一路流进黄河的身体里。那些纵横在山峁间的河水留下的沟壑，仿佛血脉似的，串联起了延河的水源，又从延河这条动脉涌向黄河。老家的人们，在山峁间挖了窑洞，沿着延河的水脉生产生活，水是黄土高原的生命，延河则是老家人的生命。每一个榆林人的生长中都流淌着黄河水，就像每一只雄鹰的翅膀上都充满了天空的印记一样，榆林是黄土高原和黄河孕育的长子。

榆林的黄河是最独特的，它没有壶口瀑布的汹涌，也不见河套平原的舒缓，在那无垠的山峁之间，在无数的羊皮筏子里，在那敲着的老腰鼓上，从那陕北的说书声里，在跟随着它的万家灯火中，榆林的黄河流淌的是乡愁的血脉，这不只是来自雄奇的山河风光，还源于历史的磅礴根系，紧紧的把那些唱着信天游的娃儿们系在山河之上。黄河把它的支流伸进榆林的血脉中，带着黄土高原的泥土，生长出了一片赤诚的土地，养育出了一群朴实的西北汉子。

从龙湾的黄河水，连接向长城的烽火台，从那沿黄公路一直前行，穿过河滩的枣园，穿过杨家将曾经驻守的古城，亦可至天台山俯览秦晋，或者也能登上白云山寻觅道教的声音，向着黄河追问逝去的历史，置身于山河之间，吹着黄土高原独有的苍旷之风，一时间，心怀里全是天地之悠悠，对古当今，可以饮千杯而不醉。再看太极湾的清流，回顾鱼儿峁的蜿蜒，观想东渡黄河的雄壮，或者在吴堡的古城中探寻千年的历史印记，从小城的心怀中倾听穿城而过的黄河水，再从那黄河水中盛出一碗历史的佳酿来，榆林的黄河水中有说不完的往事。

说榆林的黄河，第一不能少的就是无定。无定河怀揣了太多榆林人的往事，那些从无定河中流淌出来的历史，只用一句“可怜无定河边骨，犹是春闺梦里人”就轻易的醉了所有的人。爱情和思念，家国和远行，圆满和破碎，一瞬间，戍边的苍凉号角声响起，又回到黄沙百战穿金甲的年轮里，那背负着国家责任和远方牵挂的汉子，身带吴钩，背对长安，在冲锋的路上死不旋踵，像黄河水一样，在浑浊的身躯里，饱含了无数的故土之爱。可还记得榆林的“三边”吗？可还记得千百年和无定河水相依的榆林人吗？他们在金戈铁马的声音中长大，将守护的责任烙印在背脊中，从未被贫穷而征服，始终都在孕育着革命的火种，都在浇灌着奋斗的精神。“陕北出了个刘志丹，刘志丹来是清官，他带上队伍上横山，一心要共产……”这是榆林人的歌声，更是榆林人的心声，革命的星星之火保存在这片热土上，等待着那个时代的长征，等待着革命火焰的燃烧。榆林是革命的热土，刘志丹带着一批革命者打下了陕北革命根据地，让陕北成为了中国革命的摇篮。像刘志丹一样，革命精神就如血脉般流淌在榆林人的身体里，汹涌着如同黄河般的爱国情怀。

黄河的波涛声响起，榆林的信天游就不停，配着九曲的黄河水，在那山峁子上，高声地唱给心爱的姑娘，从黄土地流淌进黄河水，榆林的黄河最懂少年的愁。“三十里的明沙，二十里的水，五十里的路上我来看妹妹……”这种深情的表达，除了信天游，没有歌曲能实现。榆林的黄土地和黄河水爱的直白而深沉。饮着黄河水，唱着信天游，住着黄土窑，这是榆林和黄河的约定，因为黄河水，榆林人守候在这黄土高坡的山沟沟里，一代又一代的扎根在曾经的边塞，扎根在长城的烽燧里。

榆林是明朝九边重镇中的“延绥镇”，地接五省，是边塞文化浇灌的城市，在那些烽火中燃烧，在那些贫瘠的土地里坚守，千百年里，榆林是汲取黄河精神最多的地方。在明史中曾这样评价一直为国戍边的榆林人：榆林地最贫瘠，士不能饱宿，却慕义殉忠，忠烈为天下最。榆林的黄河水盛满了边塞的雄浑，在这片土地上流淌了千年。从秦晋以来，榆林常为边关，黄河在养育着榆林的同时，也将黄河精神注入了榆林的灵魂深处，驻守家国的责任是榆林人永远的精神追求。

榆林的黄河水筑成了一条条保卫国家安宁的长城，也铸成了榆林精神的长城。崇祯年间，在精兵被调走，面对李自成大军，榆林守城 12 天后，满城殉国；康熙年间，榆林人面对周世民叛军，守城 3 月，被康熙称为“两守孤城，千秋忠勇”。但这些忠直的汉子们，却最容易被故乡牵绊。在榆林贫瘠的历史中，黄河也不能改变它靠天吃饭的生存，但每一个饮着黄河水长大的榆林人，却都选择了留在故土，驻守边关。榆林的黄河能将对故乡的热爱和眷恋，能将对国家的热爱和眷恋刻在血脉里，千百年来，只要榆林的香火存续，国家就有千千万万叫做榆林人的勇士守护边关。

榆林黄河水的乡愁，是胜过了故乡的乡愁，是锚定在历史中的乡愁，除了对小家的眷恋，还有对国家的热爱。当我横跨万里，选择告别故乡榆林，行向边疆的时候，父亲冲我用力地挥了挥手，只说：走远了好。榆林的汉子从来都不太擅长用语言来表述内心的情感，他们的情绪都凝结在行动的汗水中，像黄河水一样，每一个细胞里都含着黄土地的浑厚，他们从不使用风云变幻的轻巧。故乡是榆林人的根，榆林人总是习惯于回家乡发展，并不是守旧，只是因为那些从黄河水脉和历史血脉中传承下来的乡愁，烙印下来的坚守，已经成为本能。但榆林人从不阻拦自己的孩子去远方，榆林人鼓励孩子从军远行，也鼓励孩子为国戍边，这是榆林血脉中传承的国的部分，起源于家，而胜于家。榆林的黄河水哺育着一种大乡愁，不只是一种地域，更是一种精神与责任。

黄河在榆林的土地上流淌，榆林也在黄河的流淌中传承。当我在万里之外的昆玉，在昆仑山下，在塔克拉玛干大沙漠的旁边，在胡杨树的身畔，深刻的感受到了那种血脉中的传承和联系。边塞的忠直、黄土地的厚重、老榆林的淳朴、统万城的辉赫，被黄河水载着，连接起了我和榆林故土。在万里之外，面对着荒凉的戈壁，迎着塔克拉玛干的风沙，守候着凌晨加班的灯火，我的汗水比他们每个人都多，但我却从未退缩过。这是被榆林黄河水所哺育的性格，这也是在从榆林血脉中传承的大乡愁，黄河赋予了榆林人的家国属性，他们的灵魂里，把国家的事业当成了最高尚的事情。

黄河水与榆林的黄土地产生了浓浓的化学反应，养育出了胸怀宽博的榆林人。“米脂的婆姨，绥德的汉，清涧的石板，瓦窑堡的碳……”许多的民谣中传唱过榆林，但这两句却格外地留在大家的记忆中，成为了一种深刻的榆林印象。或许是因为貂蝉是米脂姑娘的说法，或许是因为三皇庙陕北说书的传唱，或者是因为绥德“天下名州”的声名，米脂和绥德成为榆林印象中两个很深刻的地方，但榆林所有的人和地，归根结底，还是从黄河中孕育而成，钟得黄河之意，而成地灵人杰之处。榆林人的身体里流淌着黄河水，流淌着大乡愁。在每一个时代中，榆林都豪情地站在最前方，有秦时的蒙恬驻守，有汉时的李广旧寨，有唐宋无定河的坚守，有明时的九边重镇，有清时的千秋忠勇，还有新民主革命时期的陕北革命根据地。黄河绕过榆林土地上无数的古城堡寨，用千百年的时间浇灌出了一片黄河精神滋养的土地，不服贫瘠，一腔热忱。

身在边疆，每每会思忆起故乡，但每次想到昆仑山的冰雪融化后流淌进黄河的源头，又会觉得自己仍在故乡。榆林的黄河水啊，从昆仑山到黄土高原，将我和故乡系在那河水里，每当时光被风吹动，它就在我的心怀中开始翻滚，唱起那信天游，打起那老腰鼓，带着大乡愁奔流进我脚下的沙漠和戈壁。

故乡的秋天

黄露

故乡的秋天，从一场雨开始，敛去了夏日的灼热，掩盖了燥人的蝉鸣，“一任阶前点滴到天明”。交替了季节，沾满了思绪，伴着梧桐细雨，落在田野的庄稼里。有风吹过，扑面而来的是混着泥土芬芳的阵阵凉意，滋润着即将丰收的大地。

故乡的秋天，从一片落叶开始，摇曳间，悄然换了那河坝上杨树的绿衣。放眼望去，层林尽染，那颜色虽不是浪漫的红，却是耀眼的黄，映入路人的眼帘，美成了一幅油画，嵌入了心房和脚下。落叶沙沙作响，挡不住农民秋收的脚步，行走间踏碎的是夏日的斑驳，迎来的是初秋的晴空。

故乡的秋天，从一颗露珠开始，寒意突然来袭，那些闷热的潮湿都在一夜间凝成了颗粒，零零散散的落在清晨的草丛深处，晶莹剔透，闪闪发光，映射初升的阳光躲进淡淡的云层里，刹那间霞光满天。

故乡的秋天，从一轮圆月开始，云高风轻，皓月当空，皎洁的月光里藏着袅袅的炊烟，藏着离家游子的归念，藏着母亲对团圆的期盼，温柔的笼罩在故乡的大地上，一天又一天，一遍又一遍。

故乡的秋天，从一份思念开始，飘摇在客乡悠长悠长的旧梦里，密密麻麻，堆积成山。喷涌而出的一瞬间，浸透了衣角，染白了头发，

沧桑了脸颊。这思念化成山，化成水，化成万里起伏的祖国河山，蔓延远方，带游子回到那魂牵梦萦的故乡。

家乡的夜

黄露

家乡的夜，热闹又安逸，有房屋上的炊烟袅袅，有农人归家的步履匆忙，有孩童嬉戏的欢笑声，还有村庄里的犬吠鸡鸣。这一番充满烟火气息的景象，填满了游子的思念，治愈了游子的彷徨，萦绕在无数漂泊人的梦乡里，化作满天繁星一闪一闪的诉说回家的艰难和期望。闭上眼，泪早已湿两行，晕染了月色，浸透了心房。

夜幕渐浓，灯火初上，村庄与田野之间，月光悄悄拉长了树影，藏进那座与夜色握手的石桥里；行人三三两两，笑谈家长里短，忽而一辆车在身边经过，尘土飞扬，继而消失在远方，荷塘里水波荡漾，倒影的月光将水面照亮，犹如娇羞的姑娘对镜梳妆……故乡有太多个这样的夜晚，充满着纯洁质朴的踏实和心安，无论是求学归家，还是工作后难得的探亲，这样的夜晚，总能抚慰我生活的彷徨迷茫，记录下一个个不解的心事和惆怅，伴着月光，一点一点融进黎明的地平线。

夜色，月色，置身在这静谧的黑暗里，让我平静又思绪万千，小时候最怕的黑暗成了长大后难得的自由时光，只有在这夜色里，才有没有外界的纷纷扰扰，可以和母亲挑灯夜话，和父亲小酌桌旁，和爱人互诉衷肠，和未来画宏图和梦想。

我的父亲母亲

黄露

“草木会发芽，孩子会长大，岁月的列车，不会为谁停下……”电视剧《人世间》的片尾曲写得真好，每看完一集，听着这漫漫悠长的曲子，都会让我有回到小时候的感觉。这剧演得也好，道尽了人世间的沧桑和平凡岁月中的爱恨纠葛，那些细节里的感情总能触动我的心弦，尤其是周父周母的相守扶持，一路跌跌撞撞的陪伴，像极了我的父亲母亲。

我的母亲是通过相亲和父亲认识的，那时候的相亲，甚至没见过几次面，就依“父母之命，媒妁之言”定了两个青年人的终身。出嫁那天，听母亲说，她是坐着卡车来到我们村里的，在那个年代，能有个卡车迎亲也算是“有面子”了。没有十里红妆，没有凤冠霞帔，她只穿了一件红色的衣服就嫁了过来，就这样开始了她和父亲漫漫相守的婚姻生涯……

母亲是个勤劳善良而又多愁善感的人，自我记事起，她就是粗布素衣，典型的农村妇女形象。我知道，没有女人是不爱美的，只不过她为了这个家，为了我和弟弟，收起了她内心小姑娘的情结。记忆中，父亲常年离家务工，母亲一人带着我和弟弟。母亲做得一手好针线，我们俩小时候上学用的书包，穿的千层底、花褂子，都是母亲一针一线的堆积和爱。母亲很能干，春季播种，夏收小麦，秋收玉米，那时候也没有机器耕作，母亲几乎一年四季都在地里干活。90 年代，农村的日子过得并不富裕，为了生计，爸妈做过豆腐，打过土坯盖房，干过小卖部，卖过鞋子，这一切只为了这个家能更好。每每放学归来，母亲都是在喂牛、喂鸡，做饭，洗衣，照顾着一家人的生活起居。邻里邻舍的，不管谁家有事帮忙，母亲都会去，母亲和左邻右舍关系处的都很好；婆媳妯娌之间，母亲也做到了周全和维护。在母亲的身上，我看到了坚强和隐忍，学会了很多处事的道理。

我的父亲是一名退伍军人，身材高挑，高大威武，真的就像是山一样的存在。在我的印象里，父亲几乎是不在家的，自我记事起我就感觉我一直在期盼父亲回家。在那个外出务工谋发展的时期，父亲做过化肥厂工人、饭店厨师，因为离家远，工作忙，我记得秋收的时候都是我、弟弟和母亲在地里收玉米，装成一袋袋立在地里，等着父亲下班后赶回家。父亲每次回来都会给我们带好吃的，哪怕是一块糖，我们都觉得很幸福。天很晚了，我和弟弟坐在地头上，看着父亲一袋子一袋子地往车上装玉米，崇拜父亲的力大无穷，父亲在我们的心里像山一样。在等待中，听着蟋蟀声声，风吹落叶声，我和弟弟都睡着了。父亲是我们家里干重活最多的人，我早已经记不清他做了多少搬搬扛扛的事情了，面朝黄土背朝天的生活，让父亲的额头爬上了皱纹，岁月的沧桑也染白了他的头发，带走了他的青春年华……

如今，宽敞明亮的大瓦房并排而起，四通八达的柏油路修到了农村，农活也变成了机械化，我们早已长大。母亲的眼睛已不允许她再穿针引线，父亲的肩膀也托不动我们的成长了，但是他们依然在吵吵闹闹、磕磕绊绊中相知相伴。这么多年的求学生涯，工作生涯，离家在外的我少了很多对父母的陪伴和关心，最了解他们的还是他们彼此，每次电话回家，母亲和父亲最关心的还是我的冷暖温饱，父亲依然是闲不住的在外干活，母亲也依然辛勤的操持着这个家。时代变了，他们的心境还一如从前，温暖、善良，保持着农民的朴实和真诚。

后记

在新疆生产建设兵团第十四师昆玉市党委、北京市援疆和田指挥部党委的亲切关怀下，在第十四师昆玉市文联、第十四师昆玉市作家协会的共同努力下，以反映“乡愁”为主题的文学集《记住乡愁（四）》终于和读者见面了。这是昆玉市、和田地区文学史上的又一件喜事，是贯彻落实习近平文化思想，大力实施文化润疆工程，努力推进新疆生产建设兵团先进文化示范区建设的又一丰硕成果。“记住乡愁”系列文学丛书的出版和发行，也是中华优秀传统文化在边疆大地的生动实践和真实写照。

《记住乡愁（四）》共收录了第十四师昆玉市、和田地区、新疆地区及疆外作者的诗歌、散文作品共158首（篇），出现了投稿作者多、投稿数量多、疆外作者多的“三多”现象，从来稿的200余篇稿件中精选而成。感谢北京市援疆和田指挥部对“记住乡愁”文学笔会活动的大力支持，感谢社会各界对“记住乡愁”文学笔会的高度认可和主动参与，才有了《记住乡愁（四）》如期出版和发行。

感谢第十四师昆玉市党委宣传部、第十四师昆玉市文联、第十四师昆玉市作家协会对本书收集、整理和出版倾注的大量心血和汗水。第十四师昆玉市文联的王鸿翔同志为本书文章的收集、整理做了大量工作，石油工业出版社为本书的策划、设计付出了辛劳汗水，在此一并表示感谢！

由于水平有限，《记住乡愁（四）》可能会出现一些不足之处，敬请广大读者批评指正。（杨方中）